在一个新时代

我们检阅他们的葬礼

如同后来人阅读我们的记忆

2012.12

图书在版编目（CIP）数据

无意的时针／郝剑峰 著 —北京：人民文学出版社，2017.8
ISBN 978-7-02-013139-6

Ⅰ.①无… Ⅱ.①郝… Ⅲ.①诗集－中国－当代 Ⅳ.① I227

中国版本图书馆 CIP 数据核字（2017）第 191067 号

责任编辑　脚　印
装帧设计　李思安
责任印制　王景林

出版发行　人民文学出版社出版
社　　址　北京市朝内大街 166 号
邮政编码　100705
网　　址　http://www.rw-cn.com

印　　制　三河市鑫金马印装有限公司
经　　销　全国新华书店等

字　　数　200 千字
开　　本　880 毫米×1230 毫米　1/32
印　　张　7
版　　次　2017 年 9 月北京第 1 版
印　　次　2017 年 9 月北京第 1 次印刷

书　　号　978-7-02-013139-6
定　　价　42.00 元

如有印装质量问题，请与本社图书销售中心调换。电话：010-65233595

第一辑
石榴的火焰

第二辑
城市深处

第三辑
时间的魅影

第四辑
重力的囚徒

第五辑
故乡和远方

序一：我们穷于拯救的艺术

——读剑峰的诗

耿占春

当剑峰的诗被推荐给我的时候，在我有限的阅读范围内还不知道他。没想到这是一个非文学圈内的诗人，却写得这么复杂隽永，无论是思想感觉还是修辞能力，就其最优秀的作品而言，都可跟更专业的写作者媲美。我为之感到的喜悦不惟来自这一点，也来自一个不倦的思考者对这个时代的感知所带来的启示，以及这种并非孤立的现象所带给我的一分需要而且值得去辨认的希望。如果一个读者能够安静下来将这些诗歌与那些著名的诗篇、而且至今依然为人们乐道的诗篇诸如《错误》、《船票》、《相信未来》、《致橡树》等等放在一起阅读，人们才会明白在运动式"文革"结束后的近四十年里，我们这个社会发生的最深刻的改变是什么，更深刻的社会进步的表征及其动力蕴藏在什么地方，一种不可逆转的精神与心理势能是什么——它是日益深化的和人性化的感受力，是这种日益强化的感受力所支配、所滋养的难以被驯化的多重观念。可以预言，任何一种观念的简化与强制在这里都会受到消解与拆卸。

在剑峰的写作中，全然没有那种游山玩水的雅兴，也没有将固化观念的剩余物附着于雕虫小技的炫耀。他直入这个时代最自豪、最疼痛、最揪心的领域，但如果没有训练有素的修辞力量，无论如何也无法处理每日驶过城区"笔直的沥青路面"的《水泥罐车》，陈述这些"后现代的重金属／真理逆风而行"的技术社会景观——

> 我们无法回避
>
> 成列的水泥罐车
>
> 它驶入城市道义的磨坊
>
> 悬挂在渗血的深渊
>
> 打桩机昼夜轰鸣
>
> 而城市枯燥无语
>
> 它有时更像一名
>
> 诵经者，潜规则里
>
> 是一头愤怒的公牛

比起山水自然，成列的"水泥罐车"既是被粉碎的"山水"的象征，又是重组生活世界的技术景观的一种象征。应该说，这三十多年来，举世瞩目的社会发展就是城市化进程的加速，如何看待这一"逆风而行"的"真理"？剑峰丝毫没有降低生活世界的复杂性与歧义性，"后现代的重金属"在驶入"城市道义的磨坊"，同时又悬挂在"渗血的深渊"；"水泥罐车"在声音现象上显现了时代的自相悖谬，一方面是"打桩机昼夜轰鸣"，另一方面却是"城市枯燥无语"；在更深的隐喻层面，这一声音现象被置换为安详的宗教修行意象即"诵经者"，而"潜规则里"的指向却是完全相反的，"一头愤怒的公牛"。

在剑峰的修辞系统中，"水泥罐车"并不是孤立固化的象征，而是一种显现了时代特性的"辩证意象"，无论是"道义的磨坊"还是"渗血的深渊"，无论是城市的"轰鸣"还是"无语"，"诵经者"还是"愤怒的公牛"，它们的辐射范围都更为广泛，充满更复杂的隐喻与转义。在《城市病毒》一诗中，当它们的声音再次被倾听到的时候，变成了"刺破城市真相"的"一场久远的挣扎和嚎哭"——

> 这些最初建造城市的蝼蚁们
>
> 仿佛成了"病毒"
>
> 而他们却原始地诠释着劳动的伟大
>
> 我们渴望拯救与治愈这城市的病毒
>
> 却难以洗涤灵魂来换取解药……

就像在《水泥罐车》一诗中，是"道义"还是"血"，是"轰鸣"还是"无语"，是"诵经"的平静还是"愤怒公牛"的吼叫？似乎道德判断被暂时悬置，但其语义的复杂性却向社会生活领域发生了强烈的辐射。这一点令人欣慰，在剑峰这里，并不存在一个语义学上简化的价值对立与道德判断。这意味着一种固化形态的语义遗产在数十年间正在被诗歌写作者所逐渐废黜。城市的建造者并不必然崇高，也如同"蝼蚁"一样渺小，他们成了"城市病毒"却又"原始地诠释着劳动的伟大"。就像发生在当代思想领域的一个普遍策略，诗人用多义性修辞取代单义性逻辑，已成为诗歌写作的一个方案，它容纳了社会生活本身的复杂性与阐释的歧义性。《城市病毒》一诗也是如此，救治的方案本身就充溢着毒素，"每条蛇呕吐出病毒来治疗患者"，人们期许通过"扭曲能够解脱困境"，但是，长期"被病毒侵袭的""'我'才是我自己的敌人"。在这些诗篇中我们能够感受到的是，一种社会公平的诉求必须融合在社会（经济）进步的目标之中，而没有了对道义的热情或激情，即没有诗意的同情融入其中，社会公平就会沦为空洞的概念。社会在分化，价值观念也在分化、弥散，这也是自我的分化与弥散，而所有"他们"的"病毒"都会浸入"我们"。

与那些将城市弊端动辄与乡村田园诗对峙起来的想法不同，诗人意识到，"我的疼痛在城市／城市的疼痛在故乡"（《佛像》），或许《青林口》就是"疼痛在故乡"的一个象征：

　　……我已去那里多次

　　都被阻挡在风景之外

　　如同一艘轰鸣的机动船

　　驶入古老平静的港湾

轰鸣的机器意象再次出现了，它不只是"水泥罐车"的一个变种，而是自我的一个变体，而故乡却变成了平静的港湾。平静或许是因为，"袍哥、商贾、地主、妓女／鸦片、会所、庄园、戏台／如同一群群乌鸦／都被矫健的猎人赶走"。一个旧时代已葬身荒野之间。"在一个新时代／我们检阅他们的葬礼／如同后来人阅读我们的记忆",对故乡、故事、故人而言,情感的复杂性由此可见,而"新时代"的优越位置也会由"后人阅读我们的记忆"所注解。对剑峰来说,他的城市书写一直朝着思想深度发掘,而他的乡村书写则朝着历史维度延展,《灾难年代》既可以视为对某个具体的历史事件的表达,也可以视为对更长历史时期的命名——

> 那些被语言伤害的事物
>
> 仍在空气中蔓延
>
> 每一个字如一朵花
>
> 用祖先的血脉浇灌
>
> 动词罂粟般发育
>
> 手套指引道路
>
> 我们陷于起伏的和平
>
> 活在没有打开的伤口
>
> 而灾难不断打动我们
>
> 那么多人同时去天堂集合
>
> 我们穷于拯救的艺术
>
> 只剩下最后一片森林
>
> 有几棵树在看着我们

没有根的影子移动……

什么是"那些被语言伤害的事物"？能够伤害事物的是什么样的"语言"？难道不就是伴随着灾难景象并如同灾难一样泛滥的"曾经给我们带来伤害的语言"？这些给事物带来伤害的语言不是"仍在空气中蔓延"？不可忘却的是它们"用祖先的血脉浇灌／动词罂粟般发育"。诗人对古老文化背景的反思警醒我们依然"活在没有打开的伤口"中，它意味着我们的观念、情感、意识依然滞留在那些戕害生命的语言之中。而一种难以摆脱的轮回是，"灾难不断打动我们"。

诗人所面对的，绝不仅仅是一般意义上的灾难或受害者，他面对的是"被语言伤害的事物"，因此他必须去发现能够拯救事物的语言。但他也必须承认"那泛滥的语言的无力"，甚至必须承认理性语言的无力："那么多人同时去天堂集合／我们穷于拯救的艺术"。正像他在《记忆之门》一诗中叹息："我走不出那只老山羊／的领地，走不出漫天／密布的网线"，但他在经历"燃烧，熄灭"之后力图"重新回到记忆之门"。

或许在诗人之眼看来，每个人都在日常生活中寻找并"穷于拯救的艺术"，"一滴雨／悄然锈蚀着枪筒／突然卡住射出的子弹"，或"一位老妇旁若无人地／反复摆弄她那一筛／无法卖掉的黄果兰花瓣／俨然要找回自己身体逝去的香气"，或"一位叫卖玫瑰花的小男孩／希望满街的人都成为情侣"（《边缘》），在诗人笔下，日常生活世界也是一个期待着救赎的世界。但诗人却不能一一指明拯救的方式，就像他的《普陀山》中所写："一个潜隐的世界／被雨季洗刷，更加朦胧"。于灾难性的历史和日常生活的拯救之外，剑峰的诗充满着对生存与时间、爱与伤害、醒与梦、生与死的沉思，他一方面充满迷惑地感受到"醒来／依旧是迷失"（《时间悬而未决》），"唯有死亡令你停顿"（《时间》），一方面又清醒地洞察"一切与大地有关／我们都是重力的囚徒"（《重力的囚徒》），"是爱害了我们／一些人拒绝伪装／是病人治好了医生"（《忍冬花》）。在生与死的迷惑中，死亡制约了时间；在爱与伤害体验中，拯救的艺术变成了一桩痛苦的秘史：拯救者转换为被拯救者。

在剑峰的诗中，人只拥有极其有限的自由空间，就像《封闭的人》一诗所表达的，他时刻体验着人的封闭性与有限性，但即使这有限的自由，也值得人去感受，并通过其有限性去触及自由的边界——

我们触及天空、大地

粮食、灵魂小小的幽暗角落

我们在淋浴间穿上泡沫的水衣

感受自由的恩赐，一枝槐花

以及它上方盘旋的蜜蜂，我们

感受到它们发育的不同躯壳

在给黑暗的元素绘制光谱……

幽暗、有限、封闭，却渴望着自由，后者在微不足道的地方进入了对自由的感知："泡沫的水衣"犹如溶解了肉体的边界，蜜蜂"发育不同的躯壳"就像另一种不同的对自由与限制的绘制。在《封闭的人》这首诗的最后，仿佛唯有一点"愧疚"在给脆弱的人性"绘制光谱"。即使在《盛年》，诗人也体验着——

桦树的年轮放缓扩张

正如泉眼的涌流，灵感

开始枯萎，身体加重锈蚀

一丛丛眼睛传递幻觉

时间在移动童年的坐标

欲望在替代，我们的梦想

变得渺茫而无助

他不由向自己发出质疑，"这是我料想的盛年吗"？诗人一边继续着沉思性的提问，一边扩展着树木与身体之间的晦暗比喻："疼痛在交织，无言的／神经树杈，仿佛一场闹剧／禁闭而晦涩，却每天都在上演"。这是关于身体病痛的类比叙述，也是关于社会化肌体的讽喻。无论是"盛年"还是"盛世"，都无法逃脱灵感枯萎、身体锈蚀、欲望在替代梦想的境地。抵达个人与社会目标或者只是一个虚幻的期待，正像他在《车站》一诗中所写："视野不及的事物／车站是欲望可以／提前抵达的虚无之境"。可贵的是诗人依然保持着这样一种《愤怒》——

我的愤怒终被自己引导

即使灵性被荆棘禁锢

也别妄想谁能替代我思考

愤怒是由他人、非常事件或外部世界的状况所激发的，愤怒中包含着受动性或被动式的情感，但愤怒中同时包含着激起它的道义感，包含着关于公平正义尊严等意义上的观念，因此，愤怒必须"终被自己引导"，才能成就一种思考。这意味着愤怒之情必须融进思考，理性思考也理应接纳它所携带的富于道义感的激情。这里所出现的"灵性"难道不就是协调愤怒与思考的灵媒？"即使灵性被荆棘禁锢"，他的《沉思》透出一种凝重，也闪现出无法禁锢的灵性——

翻开一本老书

一盏煤油灯下的

故事从这里开始

那些曾经打动我的人物

如果还能活到现在

意味着原有的故事突然结束

就像一艘从中世纪走私阳光

的海盗船，唐吉柯德早已病死

推开书房的两扇窗

光线从杨树的缝隙对流

无论如何只有一扇窗

能推开阴影，我内心的

窗格花偶尔也会为一些

不经意的事物闪烁

却很难有某种深信不疑

或者透彻的激动

这些略显阴郁的红木

家具如果能回到原点

一定是一片华林中的佼佼者

如同我们时常被切割的生活

难以回到当初的时光

确实，修辞会比起逻辑带来更深入的思考，繁复的比喻"在给黑暗的元素绘制光谱"。在这里，书和树变成了灵知的源泉，它让思考在凝重之中透出灵动轻逸。一本老书承载着一个故事，也承载着一个曾经的"我"。不同的历史时期与分化的自我在这个陈述中显露无疑："那些曾经打动我的人物／如果还能活到现在／意味着原有的故事突然结束"。多少人物在还活着的时候没有做好准备的时候就仓促结束了他的故事。听故事的或读书的人也一样，"被打动"的人变成了使用反讽语调的人。故事变了味，但生活的每时每刻都像书房一样是一个比喻丛生的地方，即使我们在碎片化的生活或丧失灵感的盛年岁月"很难有某种深信不疑／或者透彻的激动",无论如何也总会"有一扇窗能推开阴影",杨树缝隙的光线或"内心的窗格花""偶尔也会为一些不经意的事物闪烁"。红木家具不再能够回到山林,自我不能再次回到故事或生活依然新鲜的时光,但比喻激发的是人内心中对生活世界的一种想象性的反应。修辞与比喻叙述是一种综合行为,它能够给予人在孤立无援的时刻、从有限的视角所看待的经验赋予更深远的含义。

不知为什么剑峰的写作中有如此之多的时刻受到死亡意象的纠缠,"玫瑰成灰／矿灯已然熄灭"(《矿灯》);"回忆无法退后／死亡已然进行／万种荣光聚在此刻／我们无法高过灵堂的月亮"(《秋夜》);"逝者不断重复／我们必然的未来"(《挽歌》)……还有记事本一样的《祭日》——

每一年都不经意地来到

那寂静中的界限

比空气还空的灵魂

月亮周围的星星点点

群山之上鹰的擦痕

这些突然静止的凝视和

进入死亡的呼吸……

在这些时刻,诗人感到:"一切压抑的事物／像在太空中无形地飘移"，却能够"看到人世间的爱／和仇恨都充满重量"。而诗人对《彼岸》的描述使我越发感觉到他确实在叙述曾经的爱与生活时刻——

今夜，天气变冷

我终于找到雪谷中

你临走时住过的小木屋

房檐四周冰挂闪烁

如无数双孤独症者的眼睛

客厅火炉内松木灰还是热的

好像不只一个人来过

蜡烛燃烧滴落成翡翠

我从首饰盒里

触摸到你影子的余温……

在这样的时刻，一切让人不自由的"压抑的事物"的确都变轻了，而爱却像物质一样沉重。对这个扩散着"城市病毒"或由"水泥罐车"铸就的冷漠世界而言，爱与恨是一种不和谐的微弱的异议，但它又能让整个秩序发生"无形的飘移"。《你和我》就像是在一面镜子中——

你在我体内像一面镜子

面对梦境，不停地转动

追逐白昼茫然的遐思

朝向万事万物无尽的纷扰

我被你陷入，霜雪
融化后未知的恐惧
犹如当初一见钟情
那最后的星光滑过

当欲望裹挟生命之树
游走于灾难后四散的人群
我知道你的身影是黑夜
沉淀后升起的第一缕霞光

而生命、爱情、死亡
时间轮回的永恒弱点
我和你镶嵌其中
永远无法穿越镜中的虚无

尽管诗歌叙述总是布满了空白，一个故事还是重现了，只要抒情诗遇到了死亡，它就蕴含着一个故事。而故事最大的魅力在于将碎片化的生活处理成一个连续性的叙述，甚至将被死亡中断的生命结构为一个继替性的生活世界。因此，故事总是包含着对碎片化世界超越性的概览，包含着对怀疑主义所消解的"深信不疑"之物的深情一瞥,犹如"我知道你的身影是黑夜／沉淀后升起的第一缕霞光",即使生命被偶然性所包围,爱情难以脱离"时间轮回的永恒弱点",即使意识到生与死的因循性及其限制,即使"我和你镶嵌其中／永远无法穿越镜中的虚无",诗人也勇毅地穿过这片《腹地》,因为,在剑峰这里,诗歌写作主要是作为一种"穷于拯救的艺术"而存在。因为——

这是一个怀着爱的人——
我和你,深入
一片沙漠的腹地
一道月光滑肩而过
我们快要结霜
的影子抱得很紧

这是一个热爱诗歌的人——
诗歌已死亡
她的尸体在哪里
她的尸体是我的灵魂

耿占春｜当代诗人,著名文学评论家

序二：“不可避免”的和“可以预料”的
——剑峰诗歌气质检索

骆　英

很难用一个准确而刚毅的词语界定剑峰的诗歌边界，他的作品透闪着隐约的焦虑，这种人性的特质构成了他诗歌的张力。

他在《危险的平衡木》一诗中，以不可把握的语调揭示对不确定的紧张以及对平静的期许——“天空并不宁静／飞机时常失事／湛蓝而和平的大海／也暗藏杀机／我们失去与／亲人身体的对话／唯有熄灭星光，点燃蜡烛／在梦中会见亡灵”。这是一种跟读者对话的隐喻提示，他让我们看到的是世界的瞬息万变。特里·伊格尔顿在他的《人生的意义》一书中这样说：“如果这个世界是不确定的，那么，绝望就是不可能的。一个模糊不定的现实必然要留些许空间给希望。也许，这就是流浪汉不能自杀的原因。（不过，是谁称他们为流浪汉的呢？）贝克特的世界里没有死亡，只有不断地衰退——肢体僵硬，皮肤剥落，眼球浑浊，听力下降，一种似乎将永远持续下去的颓败。戈多的缺席好像把生命投入了极端的不定性之中，但那也意味着，并不能确定他不会来临。如果一切都不确定，那么我们对一切的了解也就不确定，我们就无法排除存在着对这一切的密谋的可能性。在一个万事无绝对的世界里，甚至绝望也不是绝对的。”

如上所述，当诗人以他特有的伤感表达对世界的不信任时，这实际上回到了哲学的原点，构成了一种思辨的、处处充满"二元对立"解构的诗歌意象。这种伤感、哀怨以及不自信的期盼构成了他的审美维度。诗人论定"世界是一根危险的平衡木"，生命在这根平衡木上的存在如此不能把握。这使读者直接面对生命的意义，换言之，当读者开始考虑生命存在的时候，诗句中生命之美便奔涌而出。因为，她是通向死亡的。

哈罗德·布鲁姆在他的《读诗的艺术》中提出一种诗歌解读模式："'不可避免'和'可以预料'是易于成诵的诗的两种模式。我可以凭记忆大段地朗诵爱伦·坡的诗，因为那是机械而且重复的，打开盒子就跳出小人儿式的诗。但当我通过记忆占有一首伟大的诗，那是因为它是不可避免的，它是可以被圆满实现的诗，也是已经被圆满实现的诗。在两种模式中更好的一种里，认知是占有一首诗的过程中充满生命力的成分。"这种诗学的审美标准，给诗人们开辟了一条诗歌生成的秘密小径。因此，剑峰是一个窃密者，他在《危险信号》中以不可避免的语句诉说"寂静／沉默大地的语言"，提示他是一个独行者。在深深的伤感中他搭起了一种存在的框架，这个框架的底部不存在着沟通的可能性。因为，"最可信任的是裸体／这生命的磁石／照亮夜行者／孤独的路灯"，这是诗人与不存在独特的对话方式。诗意之中闪烁出的洁净，是作者用可以预料的结论回答了他的世纪困惑，那就是"最难以置信的／是一个时代划上句号"。这些诗句表明诗人与世界始终处于一种敏感而又紧张的对抗纠结之中。这也是我读到他的作品时，心灵被深深触动的深层原因。他用这些意象和词语构成了自我诗学的一种必然性。他的诗歌大多不长，但内在横亘着一种对抗的结构关系。这种内部的拮抗使他的诗歌大都留有一种自问自答式的意义题解。

布鲁姆说："在我看来，'必然性'，即不可避免的语言表达是伟大的诗的一个至关重要的特征。但对一个读者来说，如何判断一首从未读过的诗是否具有真正的诗的品质呢？在读一首诗的时候，心里要带着几个问题。它的意义是什么，这意义是如何获得的？我能判断它有多好吗？它超越了自己的时代和诗人的生平吗？还是它表现在开来只是属于一个时代的作品。"布鲁姆的情绪，是涉猎诗人剑峰的语言气味的一条幽径。我想知道，他要对这个世界干什么。他想设计一个什么样的生命场景，他想变成谁，以及为什么，他总是紧张、犹疑以及过于敏感？我发现，他小心翼翼地用词语的触角跟世界对话。尽管，他心有余悸。我猜测，这是因为他害怕："突然，一只／悬空的手敲击／高楼的玻璃幕墙／想要进来／吐出毒素"。因为，他总是看见："哦！歌厅的呕吐物／多少人在盲目地／寻找灵魂"。

回到现代性场阈，这是人类对现代化的条件反射。当一个优秀的诗人，以"无意"一词来定位"时针"时，他实际上已经是一个现代性的发问者了。在这个意义上，他把自己的存在方式放在了一个现代性的审判台上。由此，生命的高贵开始显现，诗学的审美变得有意义。这就是从一个"不可避免"的诗人生成为一个"可以预料"的诗人的必然途径。莫里斯·布朗肖在他的《文学空间》一书中的一个观点可印证这种生成："作品从黑暗中摄取光明，它是同不怕关系的那种东西的联系，它在同存在会见成为可能之前，在真实缺乏之处，遇见存在。这是本质冒险。在此，我们触及到了深渊。在此，我们通过不可能太坚实的纽带同非——真相联，而且我们设法把真实性的本质的形式同并非真的东西相联。"诗人，是存在和不存在，真实和不真实的世界沟通的精灵。他的诀窍在于语词的把握度。剑峰的诗歌语言严谨，恪守他对生存质问的审美边界。

剑峰的诗歌是控制的、节制的，也是自制的。由此，我们可以期待他作为一个优秀诗人的自我突破性，也可以预料，在诗学的路径上他会找到自我的文本性。他自我这样定位："这是一个热爱诗歌的人——／诗歌已死亡／她的尸体在哪里／她的尸体是我的灵魂"。

我还想说的是，即便是在黑夜中，那些变成诗歌灵魂的尸体也都是神圣和不朽的。

骆英｜当代诗人，中国诗歌学会会长
2017 年 6 月 15 日

第一辑

石榴的火焰

晌午时分
天空晴和而静谧
一只天鹅
扇摇雪花般飘散的羽翼
奋飞在金甲玉鳞闪烁的湖面
飞向遥远的海之梦那边

从梦寐的墓穴
为逝者千年磷火
焚烧的我的心啊
你期望什么
一种生者之外的语言

假如天鹅消遁于尘世呢
这片城市的风景中
将会失去什么

那一天，夜色可人
在岸边，皓月当空的时候
你默默凝视
湖水缓缓流走
我憔悴的影子

天鹅之殇

1988.6

**两
颗
星**

流逝的时光
日规的杰作
风向标笔直竖起
一只钉在十字架上的鹰

未来的眼睛
垂直的太阳
冰湖在你的脚下
缓缓移动

站在我的肩上
你要勇敢些
纵使石灰岩的墓地
乌云纷扰

梦如磐石，泪如珍珠
我在水晶里等你

路——
通向大海深处
帆向风暴指示
在地平线的尽头
悬挂着两颗雪亮的星

1988.6

很多年

一个遥远的记忆

飘落在风中

在杨花初谢的季节

我们重新将它拾起

很多次

是神的造访

牵引断线的风筝

生命的意志

静静地被爱的烈焰灼伤

那一年

你每一次爽朗的笑声

挂在天边

眼睛里的河水

似云彩一样流动

我心存一丝虚妄的遐想

而今夜我们拾起

开启生命之门的钥匙

奇迹终会出现

眼前无数条沟壑纵横

被深冬的霜风冻结

我们如履薄冰

相聚与别离

如同大海上那盏

拾起的记忆

忽明忽暗的航灯
生活沉重而光明的目标
牵引我们的脚步

错过一次机会
也就错过很多年
我们重新拾起的
是梦的碎片
和思念的羽毛

1998.12

太阳沉沉西下

生命的脚步渐渐走远

当人类翻越二十世纪的门槛

世界在记忆的河流中褪色

当思想被炼狱之火

焚烧的时候

一个年轻美丽的灵魂

在悄然陪伴我们

冰冷的铁轨铺满黑色的玫瑰

连同他的每一首诗歌

——香气不散

自那时起

河流、沙滩、田野

渐渐被道路、桥梁侵蚀

绿色的大地

种植出幢幢高楼

它们俯视芸芸众生

而你瞳孔里的世界

深深眷恋的太阳、麦地

结满思想的果实

你高擎火炬

为一群受伤的天鹅引路

你在前面奋飞

阳光撒满麦地

永远的玫瑰
——给海子

太阳十分遥远

山泉的回音

惊动弱小的生命

当理想变成鱼饵

生活是一场棋局

逝者幽灵般闪烁的影子

依然行走在熟悉的道路上

爱的火花

在瞬间擦亮

又在瞬间熄灭

生命的引擎

在挤压的赛道上

砰然弦断

我们无法预计死亡

正如我们不能感知生

而真正的生者

应当领悟

这是掷地有声的诗歌

随风四处飘散

是谁将它拾起

像拾起一把麦粒

是谁把它传递

像传递火把的热情

注 2000年前后一段时间
我一度十分喜欢海子
的诗歌。

2000.1

一片镜湖落于天外
皑皑湍流荡涤
蒙垢之心
——大地铅封
道观迁址
谁蛰伏于夏日高阳
寒蝉凄切

我们与漫漫冬日同行
当渴望四季风景
在比夏季还热的夏季
天空并不宁静
飞机时常失事
湛蓝而和平的大海
也暗藏杀机
我们失去与
亲人身体的对话
唯有熄灭星光，点燃蜡烛
在梦中会见亡灵

在城市零落的边缘
我们收割仅存的树林
无奈苍鹰随老屋炊烟
黯然离去
儿时矫健的理想
蛋糕般坍塌

危险的平衡木

酸涩的浪花不时拍打湖岸
像饥渴的马群的嘶鸣

海阔不见鱼跃
月黑风高
不见杀人锋刀
谁击石取火
点燃沉重的睡梦
谁就是英雄

苍生之路
万代隆恩笼罩
今夜饮一壶美酒
晕眩如一道月光
世界是一根危险的平衡木

2000.3

情绪里炸裂的火星点燃我的皮肤

我的血管是灵魂的引线

熔岩在躯壳里轰然注入

金鱼在液体里愤怒

记忆里的七秒都奉献给鱼缸

月熊在笼子里愤怒

一生的愉悦被人类所奴役

狮子在舞台上愤怒

它所应该征服的野地被皮鞭一点点抽裂

我所梦想触及的遥远是在不被侵蚀的地方

那些柔软浮动的北极光温柔地随着我的身体

流动

就像记忆里母亲的手怀抱住孤独

她的身体里流动着一千种温暖

去抚平噩梦中每一条沟壑

我的愤怒终被自己引导

即使灵性被荆棘禁锢

也别妄想谁能替代我思考

愤
怒

2002.3

生命之煤

你站在冬天的斜坡上
面对阻塞的车流
充满冰凌的眼神
没有传递上升
还是下降的欲望
我站在无法逾越的季节
任凭风凋零梨花的面容

命运的占星术应验
这座城市的谶言
石榴的头颅
与草莓的火焰
多少次不期而遇
把我们的嘴唇定格
在那个夏日的黄昏
你的承诺从汽车尾气中排出
制造了爱恨之间巨大的空洞
青春的网过滤岁月的尘埃
直到耗尽我们生命的煤
化作一只白鸽在塔顶盘旋

外面依然风雪交加
歌声仍在琴房回荡
当从宏大渐至渺茫
悄然收回弹拨的手指
一切都回到泥土
分解我们沉重的肉身

2002.12

雪在黄昏降临
余晖拂动群鸦的影子
一半晦暗，一半光明
仿佛一场梦境
在深水中展开
幻影覆盖大地
时间的界牌湮没于路

而我内心抖落的雪粒
纷纷扬扬飘洒在
儿时村庄的上空
无法重现旧时之爱

一场雪景是儿童
心中的一幅图画
她曾是画中的主人
那一夜像个慵倦的雪人
从晨曦中醒来
与我不期而遇
从此我以冰雪充满一生

雪在黄昏降临
升腾的光热对抗冬天
一场雪崩迫在眉睫
活着是对雪破碎的表达

雪在黄昏降临

我们的身体
承载对速度的欲望
从城市的立交桥各奔东西

2005.1

一

这儿没有水
这座城市没有水
我的眼中没有水
这里曾十分繁华
我并不感饥渴

二

夏天的风
传递石榴的火焰
交换远航礼物
的邮轮正待起锚
这是我期待的
一次艳遇

三

长笛吹散星空
子弹穿过沙堆

四

夜里
花朵的舞蹈
沉重而明亮

五

死亡

石榴的火焰

未必迫在眉睫
你却急于倾听
大地的回声

六
空气
比水还透明
它无法承受
一只鹰的重量
一旦你难以飞翔

七
曾经悠扬的钟声
那些经典的召唤
土豆一样
寂寞的小城镇
终有一段故事

八
楼上传来一阵
纷乱的吆喝声
我始终
无法抹去
曾经租住的小房间

2006.6

葵花田面向太阳

我倾心于你甜蜜的阴影

黑玫瑰吐出火舌

使老式飞艇膨胀、上升

我难以书写似火激情

在大海上降落——

夏天的一场雪

如夜半的敲门人

来得出人意料

充满玄机的命运

被水果刀切成碎片

再削至内核也难以

破解灵魂的密码

像验尸官面对生者

他又能知道多少

眼珠转动下的秘密

艺
术

2008.10

一片草叶随风摇曳

如波涛中一叶扁舟

一只蜻蜓的家悬在空中

它的飞翔是另一种姿态

你舞动夜宴最明亮的烛火

与我们一起啜饮葡萄酒

迷醉的灵魂在异度空间相会

浑然不知甜蜜谋杀的来临

你不留痕迹地神秘消失

因为得到了上帝的眷顾

残留的芳香是天使的影子

正如歌声在午夜散去

人们的面孔已无表情

你在一部电影的片尾处

走到这个国度的出境口

空中家园
——给玛丽莲·梦露

2010.8

你是一颗蓝色纽扣
像身体的一把金锁
摄影师关注你
偷窥者垂涎你
吸引我的是你
眼睛里的泪腺和
泪腺里的眼睛，它们
无关广场的阅兵式
无关荒芜的农田
只会在自己体内
——交汇与流动
而你却能开启我血液
的闸门，颠倒我的
黑夜与白昼

你是我儿时的桂花树
锁不住的庭院风光
牵引我一生的脚步
我像探子一样打听你
像警犬一样追踪你
像 X 光机一样透视你
而你照样失踪
照样难以开启

蓝色纽扣

2011.7

042

两台电脑面对我

如两面镜子拆散我

瞬息的灵魂和意志

潜入无声风雨中

梳理一组疼痛的词

我知道你的手语

是蓝鲸巨大的鳍

从海岸升起的烽烟

如留声机唱片

盘旋在寂静时刻

我与你很早分离

囿于一只三叶虫的疑问

那时火一样的寂静

仍在等你出现

等　待

2011.8

臆想，埋葬在乡间小路

捉摸不透，你是我每天的日出

一缕缕炊烟密布的网

编造委身于你的故事

当初，春天空留下座位

我是唯一敲击铁轨的人

你却漫无目标地下车、上车

如今，那首浑然天成的诗章

变成了一位慵懒的妇人

而为了你的脸

我仍在兑现所有的文字

如同三十年后

在某个拥挤的车站

偶遇你最初的倩影

致初恋

2013.9

你在我体内像一面镜子
面对梦境，不停地转动
追逐白昼茫然的遐思
朝向万事万物无尽的纷扰

我被你陷入，霜雪
融化后未知的恐惧
犹如当初一见钟情
那最后的星光滑过

当欲望裹挟生命之树
游走于灾难后四散的人群
我知道你的身影是黑夜
沉淀后升起的第一缕霞光

而生命、爱情、死亡
时间轮回的永恒弱点
我和你镶嵌其中
永远无法穿越镜中的虚无

你和我

2013.9

你在离世多年后
告诉我当初的想法
我枕着儿时的美梦
犹如一只蛋黄在蛋清中沉睡
那一夜，落雪以月光
的重量覆盖我们
你和雪橇犬都没有醒来
这一切离出发为时尚早

一抹霞光浮现夹竹桃
最初隐约的红晕
黑色幽光已在松林中闪耀
我告诉你时间正在后退
你不必从水中抵达
宁肯站在码头眺望对岸
让那只孤船随风飘荡
这一切离出发为时尚早

今夜，天气变冷
我终于找到雪谷中
你临走时住过的小木屋
房檐四周冰挂闪烁
如无数双孤独症者的眼睛
客厅火炉内松木灰还是热的
好像不只一个人来过
蜡烛燃烧滴落成翡翠

彼
岸

我从首饰盒里

触摸到你影子的余温

我要找到你

终将追随你的脚步

这一切离出发为时尚早

2015.6

这次不用告别

无论我去哪里

悦人的空谈仅是安慰

你的挥手如垂钓的鱼钩

只会等来再次创伤

腐臭涌上心来

渔人坐在船尾

两只哆嗦的鸬鹚

茫然中渐离视野

如前年落地的两粒果实

爱是时间拉开的距离

我们都是时间以外的事物

这次真的不用告别

落日狐狸般的笑脸

如茶杯上留香的唇纹

一种声音总会重来

系在桥桩上的波浪

拍打爱情永恒的夜色

出

航

2016.6

那些稚嫩的水芙蓉
很早就漂浮在池塘的一角
无辜地吮吸着喂养草鱼的饲料
它们令人炫目地盲目发育
哦，疯狂的花朵，无限膨胀的欲望
仿佛有一双黑手从水下点燃
一盏盏没有灵魂的空心灯笼

我反复凝视正在变黑的池塘
已无法找到自己昔日的影子
但我俨然爱着水下的魔影重重
我突然记起那位早年为我
投水的少女许下的诺言
她的芳迹已无从寻觅
可能早已成为草鱼的食料

水芙蓉

2016.7

你简约的手指滑动的音符
此刻消失，成为我孤独的一部分

烈日在刀锋上徘徊
光的弧线久久不愿离去

我反复记录你的影像，把自己
拴在一棵落英纷飞的桂花树上

风带走成片的落叶，果实
在枝头挣扎，乡村小站的夜晚

台灯记住你送我的书签，一束
兰花阴沉着脸，你当初的笑容

你把我拖进手机黑名单，如同
剪去尾鳍的飞鱼逃掉光的诱引

军舰鸟的红色气囊
充满我对你永恒的祝福

波涛卷走无法挽留的雨季
在盛夏时节驶向那大海深处

2016.8

告别

应

和

这个暮秋时节

干涸的天空

如古柏皲裂的皮肤

你的到来引来

一道意外的闪电

暗示未知的风雨

应和古蜀道的神秘传说

你好像一只临近冬天的蝴蝶

盘飞着带走天使的哨音

而风会长久地停留

爱将在春天复活

不带一点色彩

像梦中闪过的

几幅水墨画

温暖而寂寞

2016.11

这灵魂的解药

化学方程式

一样的语言游戏

多么言不由衷

像马戏团没被驯服的

老虎和说错话的鹦鹉

而生活的真实意义

总是被我们自己嘲笑

多年来，我们

充满虚妄的激情

习惯于门童和

丫环般的精神陪寝

我们钟情于虚脱的

天空、疆土

和很多病人的名字

充满对自身的误解

却浑然不知

2016.2

太多的

一无所有

提前到来

死者最后的记忆

来自一束关闭的光

关掉悬铃木的眼睛

和篱笆墙的小门

身体的惟一窗户

如同凝固的河流

一头黑熊

亲吻发臭的泥土

你只要无味的

火焰与灰烬

如果上帝给予

天堂与地狱

——你只要

一只存放爱的碗

一个安顿冬天的房间

以及一只

放飞梦想的风筝

还有你

临别时的瘦哥哥

而春天的召唤

使你面临

复活的压力

无止境
——给海子

——因为我们

在死亡的床沿

拥抱、做爱、生子

2017.3

第二辑

城市深处

寂静

沉默大地的语言

谁往来天界

翻云覆雨

洗净天籁之声

当音乐正被净化

喉咙已被克隆

我已成为你

镜中的我款款而来

我被镜中的你惊吓

叠罗汉般错落的城市

玻璃幕墙上的影子游戏

触摸天空的莲花手掌

吞噬阳光的阴暗角落

最可信任的是裸体

这生命的磁石

照亮夜行者

孤独的路灯

最难以置信的

是一个时代划上句号

世纪辗转

节令已到

葡萄架刚刚搭起

葡萄倏然坠地

危险信号

2000.3

往前走是另一条道路

这片幽暗森林的出口

狼迈着奇异的步伐

像一只缄默的羔羊

逡巡于一道圆弧

等待时间玄妙的设伏

此刻一双秀丽的手抠动扳机

雕花窗棂上的怪兽

坠入蜂蝶的陷阱

狼的死令人震颤

在这座城市的记忆中

你曾是我全部生活的起点

而我所获得的仅仅是

一次偷窥后的愉悦

因为这个头顶秃落的世界

面临的最大问题在于狼的死亡

如同一个失足女装扮成贵妇

亦如一篇散文排列成诗行

一切变化都在虚拟中

大地上雪落无声

**狼
祭**

2005.2

莲花好像

钉在湖面的美人

装饰阴雨的早晨

夏日的午夜

你美艳的脚步

打乱这座城市的秩序

奇妙的邂逅

如同消防车遇到

一起神秘的火灾

它没有现场

燃烧，在我内心熄灭

香烟、酒精、音乐

像一杯缠绕的鸡尾酒

多加一些冰块

让钟表失去记忆

我"奥茨冰人"般

从迷醉中醒来

显现神奇的力量

骰子摇晃，仿佛

布满天空的棋子

忠诚与不忠

幸运与不幸没有界限

邂

逅

头顶的红蜘蛛
我是你的棋子
是你张网待捕的猎物

离别即重逢
虹膜的指纹映照完美的面孔
这道紧锁的门打开黄金的秘密

2007.6

人们惊异于你手中的
折扇伴随身体的屈服
在大地上旋转
如果想获得一种自由
与你的蛇腰共舞
和身体的蜂音器共鸣
闪亮的是这广场的出口
像赛马的鼻孔和香炉的肺
更像一条箭鱼
在海底的深呼吸
袅袅升起的是舞者的身影
那一刻自由是灵魂的支点
有如沙的抛物线
潮涨或潮落，都将消失

**舞
者**

2008.10

夜仍在照耀

窗户进入睡眠

获取光却背对明镜

一枚钉子的记忆更为深沉

它穿越这座城市的母体

留下一位盲人的胎记

在红旗飘飞的背景

盛装布满枝头

浮冰等待光的诱惑

还有什么比竹简沉重

在歌起击缶时刻

节日夜景

2009.10

越过柳絮对峙的季节
银杏高贵的眼睑
在黑暗中睁大，我
一名失踪的冥想者
在车流排挤的人行道上
像一只漂移的木筏
与四周的面孔对话
问题悬在空气中
结局从水中开始
升起石灰岩的海拔
时间的界河难以企及
在它的焊接断裂处
激动的波纹消隐远方
报春花在树丛中摇曳
星星在黑夜眨着眼睛
你研磨金色缀满天空
我，以变异形式
根植于大地之肺

林荫道上

2011.7

风暴来临，此刻
城市停止扩张
我就像地图上
的一个小黑点
迷失在梦境般的棋局里
风暴时而删减
给大地以喘息
天空偶尔出现一抹彩虹
仿佛城市额头的一道伤口
一只灰色的狗被雷电击中
拖曳着彗星的尾巴
高楼的窗格相框鳞次栉比
嵌着每一张阴郁的脸
我在其中摇晃，举棋不定

风暴

2011.8

玻纤瓦半掩的脸庞
总是保持激动
它的墨绿根脉
同信息时代的谎言
一样，四处扩散
在黑暗的杯中
有一只瓷公鸡跳舞
它背负偶像的盛名
引诱隔壁的小男生
放飞清晨的风筝
家长们在放学的铁轨上
交汇着食物与心得
城市沼泽的硫磺地带
始终有一堆篝火升起

蓝房子

2011.8

笔直的沥青路面
紫荆藤闪烁，像少女
粉饰后清脆的耳坠
后现代的重金属
真理逆风而行
我们无法回避
成列的水泥罐车
它驶入城市道义的磨坊
悬挂在渗血的深渊
打桩机昼夜轰鸣
而城市枯燥无语
它有时更像一名
诵经者，潜规则里
是一头愤怒的公牛

水泥罐车

2011.8

城市起源于被割裂的绿色

蚁群用水泥堆砌躯壳以汗水浇灌花朵

那些渡鸦般的觅食者

以蛇的姿态缠绕每一处居所

俯视蝼蚁们碎裂在爬满铁锈的角落

驱逐、厌恶、离弃

一场久远的挣扎和嚎哭刺破城市真相

这些最初建造城市的蝼蚁们

仿佛成了"病毒"

而他们却原始地诠释着劳动的伟大

我们渴望拯救与治愈这城市的病毒

却难以洗涤灵魂来换取解药

每条蛇呕吐出病毒来治疗患者

期许扭曲能够解脱困境

被病毒侵袭的

长久以来的每个"我"

"我"才是我自己的敌人

正从麻醉的昏睡中逐渐醒来

从每天的日出中升起不屈的希望

城市病毒

2013.7

冰雾模糊界线

被雪雕刻的塔尖、楼顶

像一群群奔跑的白狐

幻化为城市的旷野

钟声在此刻凝滞

嘴唇在钢化玻璃上封冻

我们倒悬在时间的皮肤上

等待阳光、食物和水

只有时间能喂养

一只关在笼子里的猫

我有多么爱你

隔着天灵盖般的铁栅栏

只有眼神传递热量

我要越过冬日的夜晚

挣脱梦境的束缚

从去年向往的枫树林

一列老式火车穿行

在今年薄冰的轨道上

冬天的艺术

2015.6

仙人掌般的霓虹灯

忽隐忽现

沿河两岸的广告牌

兜售奶牛的青春

一只水鸟在驳船的汽笛声

和桥墩的倒影中散步

大理石的留声机

踩着天使的韵脚

降福于此地

神色黯然的鸭群

相错而行飘过河面

锡箔纸点燃波纹

陶醉在黄昏后的血色中

我们像暮霭一样聚集离散

不知道河水流淌的目的

令蛇麻花开的钥匙

遗失在另一场晨雾

巨大的阴影中

沿河两岸

2015.7

咖啡馆

引桥的影子伸进咖啡馆

你从螺旋状的红色步梯走下来

像一枚性感的钻戒流光溢彩

在摩卡壶浸润的涂鸦木屋

越界者幻想的瀑布充盈

午夜时分静谧的天空

有时坏天气掀起黑色风暴

从战壕发给恋人的书信

在牧人邮差手中辗转

手雷、牛仔裤、鸢尾花

在遥远和咫尺的意念之间

标记情欲的里程表

当黑暗的记忆留下空位

窗外的阳光不断填补缝隙

咖啡馆，穿越痛苦面具的森林

让絮语和祈愿裸露在

音乐升起的蘑菇云之中

2015.7

从植满天竺葵的河堤

到地铁站昏暗的入口

夜半的拾荒者倒腾着

垃圾桶里的秘密，他像一位

披着古铜镜的毛发的侠士

拧开下水道的锁孔

搬走我们梦中的压舱石

而我们没有醒来，徜徉

在蜻蜓蛹庞大的阴影中

只有打桩机接通骷髅的电路

使我们从废墟中苏醒

此刻在去往机场的路上

人形路灯见证一对情侣的爱情

咸腥的海风拂过晨钟的面颊

我们转动身体生锈的齿轮

计算未来的时辰

重新回到这曾经骄阳

催熟麦芒的城市深处

城市深处

2015.8

路灯照亮秋夜
貌似空气的花朵
一束束整齐开放

星星落在树丛上
身着盛装的木芙蓉
虚位以待黄昏的车流

在即将起航的码头
回眸已成虚线
汽笛声最后的火焰
把爱情烧成浪花带走

回忆无法退后
死亡已然进行
万种荣光聚在此刻
我们无法高过灵堂的月亮

秋
夜

2015.9

涂鸦者的早晨

不断翻修的梦境

超越记忆的路径

抵达永不止息的虚无

往前走，为何不堪回首

儿时的星空瞬间

被躁动的青春涂黑

我们妄想挣脱

柿子树般沉重的黎明

划过黑夜的彗星

其实只是照亮微尘的火柴

未来的路，留在玻璃车厢的空位

玻璃车厢载着我们缓缓前行

行道树的声浪波次递进

突兀而至的城市之船

空浮在黄昏的剪影中

世间纷纷扰扰，我们碌碌无为

避之不及的已经到来

匆忙而别如鸟的航线

我们是一群迷醉的导盲犬

无所适从地打量着大地

踏上难以预料的旅途

沉浸在一丝狡黠的微笑中

在路上

2016.2

意外之景

眼前呈现的场景

一如既往的平静

无论我所期盼的

还是担忧的，曾经

意料之外的事都将发生

当低下头，系紧鞋带

擦亮行色匆匆的步履

如期进入视线的

玻璃花挂在大桥两侧

人工搭建的阶梯又高又悬

桥面下人工瀑布

轰鸣流淌，每到夜晚

我恍然站在时间的彼岸

回到流水飞花的年代

而沿河堤遛狗的女人

和充斥铜臭的话语

很快冲淡这华枝春满的韵味

在 LED 广告牌

不断翻转的文字和画面背后

仿佛半隐着一张秘而不宣的脸

多少个日日夜夜

这座桥一如既往地挺立

有一天突然成为自杀者的圣地

那一簇簇通电的玻璃花

俨然在悬崖边灿然开放

令人意乱情迷和心如死灰

成为竞相采撷的目标

那遥不可企及的——

他们或者我们

并非脆弱的意志怀着

一丝卑微和壮丽的梦想

成为坠入深渊的水影

2016.2

他躺在那里
医生俯下身
用放大镜小心地检视着
他的眼眶枯干
舌头下埋着珍珠
从腹中还能溢出香草气
他像一瓶在地窖
沉睡多年的老酒

你陷入其中
乐于倾听他的故事——
这些重回地上的阴影
他的金缕玉衣
他的黄金手杖
你服膺于他的功绩
追逐他死后的梦幻

这一群表情凝重的看客
在喋喋不休的争论中
仿佛一枚枚可以
钉住空气的活铆钉
僵死在一幅古老的壁画里

在博物馆

2016.2

我内心
沉积的血液
想要注入
那片柚子林
跳动的心脏

一段
崩塌的山坡下
横亘着巨石
需要爆破
来打通道路

这一令人
激动的念想
因为雾霾
变得模糊不清

突然，一只
悬空的手敲击
高楼的玻璃幕墙
想要进来
吐出毒素

雾霾中

2016.12

唱一首歌
就像鸭群振翅

谁把夜晚置于
动物不安的激素
老虎、鲨鱼、绵羊、猫
一直嗅屎的狗
多像风的牙齿
咬住冬天的月亮

哦！歌厅的呕吐物
多少人在盲目地
寻找灵魂

夜半歌声

2017.3

第三辑

时间的魅影

黎明熄灭孤星的灯盏

曙光初现便四处逃窜

诞生的终将亡命天涯

漂泊的总会寻回家园

美丽女人分娩时的姿态

像一枚爆炸的红樱桃

燃烧成灰烬植入泥土的根部

助长一株罂粟灿烂的发育

谁能抵制这场罪恶革命

不断加速生命的列车

在一个幸运时代脱轨

一千年完成一次死亡演习

曲终人散编钟仍旧宏亮

一道惊雷照亮大地

一场大雪来去无痕

风在冥想轻吻美丽山岗

鹰的炯眼看透鱼腹

梦中的爱情无法分清界河

一次远航毁于征服的欲望

那艘以帆为旗的巨船正待靠岸

无
题

2001.2

时间终于被霜冻

拴在一棵白杨树上

的铃铛响个不停

预示秋天将是季节的终点

而我们仍炫目于军舰鸟

的红色气囊和墓穴奔突的磷火

——只鸽子亦或一朵水仙花

在黄昏的震颤与注视中

灵魂以外的事物难以抵达

多少年我与看不见的人进行对话

内心期盼一场雪景的照耀

而我梦中的漂流

无法逾越真实的生活

我仍将保持沉默

潜行于身边的每一条暗河

直到午夜的钟声敲响

最后一次闭门谢客

暖
冬

2005.3

一

午夜

心的悸动

跌进无底深渊

一抹霞光

在醒来时若隐若现

二

洞穴倦于光明

蝙蝠针孔般穿梭

雷达的眼睛

我倦于你

三

血液中的细菌

在春天暴发

一种无声的力量

四

苍蝇换上

天使的翅膀

黑暗扩展了

飞翔的空间

五

变色龙啊

梦
的
裂
痕

奇妙的艺术家
我心中的七彩蝴蝶
传世多年的作品

六
疯狂的飞蛾
被灯的火焰迷惑
你被真相毁灭

七
荒废的码头
河流死亡的见证
掩映我的过去
仿佛逝去的
铁铧和犁声

八
梦
始终追索既往
当镁光灯在冒烟中
凝结的那一瞬
衰老越过时间
我已非背景里的我

2005.6

一

我始终以为
半夜的猫叫声
是一个孩子的哭泣

二

流沙漏去
如舞者谢幕
你眼中的寂寞
是一段往事

流
沙

三

十岁那年
我梦见天使
下雪了，乌鸦变白
我受困于飞翔的影子

四

蜘蛛在空中做爱
蜉蝣在水上写诗

五

冰川湖消失了
恐龙时代来临
有一种意外
大鱼

把垂钓者拖入河中

六

漫无目标射向天空

的箭落回地面

伤到我自己

七

你金色的面颊上仿佛

嵌着两颗会说话的蓝宝石

我们彼此相视一笑

周围的空气充满敌意

八

暴风雨毁坏了蚁群的家园

老鹰偷走了鸟窝里的蛋

九

站在云端的鸟

什么也不能看清

因为飞得太高

2005.11

忍冬花的苦涩不随季节
平凡的开放无所节制
你没有如期到来
医院的内心空洞如霜
在难以抵达的站台
夜晚的人影穿越隧道
等待一封迟来的书信
是爱害了我们
一些人拒绝伪装
是病人治好了医生
在冬季的防波堤下
冰刀是我们生活的支点

忍冬花

2009.5

无
意
的
时
针

羊群出生时的影子遇上强盗
受钟表滴答声的诱引
你陷入一种方向的腹地

魔镜中翻转的扑克牌
因为你脑中的疾病
看出它须臾的破绽

我试图挣脱
它无边无际的网
只为抚平逝者的一段旧梦

这一刻灵魂终于自由
万物衰老的刻度
唯有死亡令你停顿

**时
间**

2009.8

黑色手指穿越世纪之门

失血的时针指向落日

我站在黄昏的窗口

看布满广场的阴影

众人散去如一片蝉鸣

当另一只手拨动竖琴

双重音符，听蝙蝠飞翔

夜鹰的面具被暗电灼伤

他无言对视湖中倒影

真理之镜扭曲完整的容颜

世纪之门

2009.12

突然，那泛滥的颂词
打开记忆之门倾泻而下
惊醒行者在山石间
困顿的小憩，成片的梧桐
被毫不犹豫连根拔起
我走不出那只老山羊
的领地，走不出漫天
密布的网线，我仿佛
回到混沌之初，星宿
之下的深渊连接大海
瞬间，又一场祈祷仪式
穿过天空的金丝钩住
我的身体，燃烧，熄灭
重新回到记忆之门

记忆之门

2011.7

很久没有水波
显现曾经的阴影
任凭一只壁虎
营造自己的世界

春天的网罩住桃花
与命运一起下沉

水位仍在下降
犹如怨恨抽空了
历史的花蕊

珍妃井

2011.9

时间悬而未决

风起了

雨的迷局

漫延大地

此刻

身体走失

在酒醒之前

城市

仍泥泞

语言的规则

如脚踝

难以自拔

血液试图

挣脱皮肤

几棵充气的

棕榈树

在路的尽头

耸立

被孤独缠绕

欲望繁复

诠释夜景

哦

青花瓷

映入眼帘

直抵

死亡旷野

萤火虫

满目闪动
这是
未来的信使
彗星般
引领道路
时间
悬而未决

因为约定
我
追忆两列
对开的火车
在同一目的地
两块磁铁
布下迷局
使爱陷入长久
疑惑
通向我们
今天的生活
给失踪者
以答案
成为不羁者的
使命
时间
悬而未决

玫瑰

被滥用

郁金香的

律动

暗示

这座城池

垂死的美

这是

一种界线

从雪地遗忘

一盏盏孔明灯

麻醉生者

越过炊烟

升起

罪恶

从眼神分娩

更适合

夜晚的放纵

没有什么

为我们保留

童年的

真实天空

她（他）们

歌舞升平

是

击碎偶像的

利器

四处溃逃的

夜莺

滋润这

城市的齿轮

茫然旋转在

异乡人的

孤独之中

劳动

漫无目标

只剩下这

空心欲火

时间

悬而未决

这只

让我们

下降的鸟

窗外月光

夜色遮蔽

黎明

尚待开启

夜半的困惑

如一匹马

在沙漠饮水

思念
异地的诱惑
我们
从疾病出发
飞越音障
蝴蝶的阴影
潜伏在
一生的梦里
当初的
耳鬓厮磨
仍被距离击退
这是
痛苦的源泉
我们迷失在
通向彼此的河流
时间
悬而未决

打开
这道门
面对
阴森的黑暗
走向你
止步于你
处子般的面孔
仍被往事纠缠

无法解开

一颗纽扣的

神秘

在躯体的

黑暗中

激情

蛇一样苏醒

我们

合二为一

两只话筒

鸣响

同唱

一首老歌

在强弩之末

聚散

一扇窗的

外面

光线

这入侵者

让我们

无地自容

时间

悬而未决

时间的暗河

追随我衰老

记忆的伤疤

在水中潜伏

不确定

一次漫堤后

显现谎言的

原形

弱音器的

儿女们

醒来后

沉睡

血液里

深埋悸痛

尽享欢娱的

玻璃杯

碰响

迷惘的絮语

在单纯的热度中

痛苦

从散落的器官遗忘

爱在琴弦折断之前

有如

水的界线

聚合于

你起伏的酥胸

内在的意志

空洞

身体

赋予超常速度

疾病的故事

引人入胜

多少次

死亡的复活

如铁轨归来

展示独角兽的

秘境

何种基因选择

让我们

痛失伊甸园

时间

悬而未决

蛇

避开泥土

在月光下匍匐

沿这条

白色路径

你的幻影

现身

穿过

暗夜的赤裸

敲碎玻璃浴室

一枚鸟蛋

在斑马线

奔突

孵化

黑暗森林的篝火

——燃烧

成为最低的价值

硫铁矿的腥味

弥漫

整座城池

一万枚硬币

洞穿

灵魂的哨兵

没有创造

没有鸟

在天空耕耘

我们

排挤空气和水

关掉身体

所有的闸门

成为

一具梦想的死尸

时间

悬而未决

夜晚

灯光繁衍

汽车

从水泥地升起

黑暗的词

发出

重金属的鸣响

或许

爱情

基于

另一种死亡

不被显现的

讣告

是时间

带走

没有方向的

目的

迷失于内心

迷离于光明

临近海岛的

空旷

孤独

像雨袭来

两只蚯蚓

盘踞在白色床单

身体的

黑暗舞蹈

在城市

夸张的面孔下
为什么
不是
枫树和柠檬
照亮
时间
悬而未决

醒来
依旧是迷失
来苏水
惊醒的梦幻
辛夷花
一样短暂
离开长久
被置换的星空
从另一窗口
看日出
云层
压得很低
雪山
隐约地延伸
我
疲惫的旅程
伸向
天空的脊梁

托起

经幡的祥云

此刻

风是一粒粒金子

这里

宇宙的阶梯

哦

故乡

多么渺小

仅是

从飞机上回望

逐渐缩小的城市

此次旅途的背面

我乖戾的女儿

正在互联网上

滑雪

思想

绢丝般温暖

极易弯曲的

黑色枝条

时间

悬而未决

我

与相册对视

衰老

惮于记忆之光

我触摸的

始终

是岁月的余温

当桨橹声

溯江而上

无从寻觅

昔日婆娑树影

你

处子般的幻影

时时走近我

敲击头颅

拷问我

我像一只

悬在半空的鹰

俯瞰座座

烧焦的果园

那些

日夜折磨我的

水电站

那些

无法澄清

河流的

蓝色眼睛

把我的脊背

车成轮轴

如同沙漠

在风中诠释

难以逃逸的

乡村命题

时间

悬而未决

终归

要复原

坠落的

月亮的影子

那些

生者

骑白驹而来

抖落在

墓园的蚁群

展开

白鹤的两翼

飞艇般

降临

模糊的城郭

是

迷醉的答案

时间

悬而未决

无
意
的
时
针

慢——
风止了
重新回家
一样的寂静
一样的纷纷扰扰
一样的消失殆尽
带走我
去大海的那边
那里
每一个灵魂
都有一个星座

2014.3

始终面对两个影子

或与我跬步不离

或打开记忆之门

当时间拖曳激情的重负

无论火焰与冰凌

都笼罩在空蒙夜色中

始终沉默以对

往前走一步

摒弃的重又回来

过往岁月的印迹

搭在纸墙上阶梯的影子

成为守护生活的防滑链

我想拾阶而上

清晨的第一道阳光

足以让意志坍塌

两个影子相互重叠

相互践踏

搅乱午夜时分的梦

而第三道阳光

把未来的影子投射在

另一个玫瑰色的天空

天空分娩一群蝴蝶

影

子

镜中的蜡烛

不必感到疲倦

不必深陷敌意

只有黑夜能够

点燃镜中的蜡烛

这只无色的枕头

足以支撑七年的恐惧

失去的无法填补

空气一如既往地漂浮

这夜的海洋

如两只关闭的耳朵

静静地表达沉默

又一个梦

把我钉在水床上

欲望的潜水艇

在昼夜间沉浮

仿佛头顶穿越

天空隧道的一列火车

轰鸣地驶向空气的原野

惊醒了卧室里的一群蛾子

2015.8

难以呈现诗意的夜晚

一切尽在空虚的脑中

无论从何时何地

那一树摇曳的花

那个匆忙夜行的人

寒夜即将袭来

冰雪还会覆盖

那个似真似幻的广场

那个幽闭已久的房间

总有一个声音萦绕

总有一束光存在

有人会孤独地醒来

有人还在持久地期待

路是时间的法条

界桩像蛇一样缠绕

阳光从黑夜升起

遮住沉重的星星

留下难以弥合的阴影

我们一起开始吧

跟随无谓的抵赖

重复每天降下的黑暗

这陌生的雨

滴打在熟悉的房檐上

发出空灵的质问

这夜深时分

梦将要伸出手

萃取零落的星光

夜深时分

2016.2

虚构的日记

有时，你
就像夜半传来的猫声
我无法看见你
只能从回家的楼道旁
拎起你一闪而过的影子
这只无谓的钟摆
或如一只木偶溶解在床上
偶尔被过往的事物惊扰

有时，你
就像一台蒙面的电视
我无法看清你
从墙面挤出的脸庞
虚构我每天的日记
这只无畏的钟摆
每晚不由自主地言说
想要穿透包裹以外的事物

有时，你
就像在雾霾中突然
开放的朵朵野蘑菇
在黄昏下与布满雀斑
的脸相互映衬，一双双
散乱飘移的眼睛
在人海中打量和搜寻

灵魂像蒸汽机一样咆哮
一艘快要耗尽油料的船
航行在古老的暗礁上
充满激情却去向不明

2016.6

翻开一本老书

一盏煤油灯下的

故事从这里开始

那些曾经打动我的人物

如果还能活到现在

意味着原有的故事突然结束

就像一艘从中世纪走私阳光

的海盗船，堂吉诃德早已病死其中

推开书房的两扇窗

光线从杨树的缝隙对流

无论如何只有一扇窗

能推开阴影，我内心的

窗格花偶尔也会为一些

不经意的事物闪烁

却很难有某种深信不疑

或者透彻的激动

这些略显阴郁的红木

家具如果能回到原点

一定是一片华林中的佼佼者

如同我们时常被切割的生活

难以回到当初的时光

沉思

2016.7

每一年都不经意地来到

那寂静中的界限

比空气还空的灵魂

月亮周围的星星点点

群山之上鹰的擦痕

这些突然静止的凝视和

进入死亡的呼吸

无声地召唤你

是出发的时候了

我们完整地抛开

一切压抑的事物

像在太空中无形地飘移

我们看到人世间的爱

和仇恨都充满重量

祭

日

2016.7

时间侵蚀的裂缝
雷电劈开的伤口

炫目的冰凌
混沌的原野
一点萤火虫的微光
影影绰绰

花朵吸干汁液
疲惫已经到来

夜半锁孔悄然转动
刀锋的影子向你逼近

大风移开驴友的行囊
一路篝火伴我回家

无言的叙事从此刻开始
窗外的黑夜与黑夜的时间

在墓地开了一个会
他精于旁门左道
引证黑暗的词
成为你虚妄的墓志铭

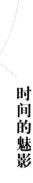

时间的魅影

2016.8

113

这个隐身人
从唤醒
我童年记忆
的村庄
偷走了河床
裸露的秘密

欲望的光线
把我们封闭
在水中、梦中
漫过死亡的呼吸
如瀑布、晨雾
在喘息中
抵达黎明

夜的欲望

2016.10

所有
说出的词
都脱离
清醒的本质

梦的真相
不需要夜晚
不需要头脑
甚至不需要语言

会有一个未来
在黑夜的星辰背后
安放灵魂

梦

2016.12

基于简单
澄明的梦想
我们向往白昼
白昼吸雾而来
模糊大地的轮廓

在这繁华缠绕
的蛮荒之地
影子先于行走
终点止于起点

无意的时针
或进或退
或是或非
徘徊在
苍凉之间

无意的时针

2017.1

第四辑

重力的囚徒

没有飓风炽热的烘烤
天空如同南极巨大的冰川
解冻是不可能的
飞翔是不可能的

在没有路标的路上
拒绝雾中的飞机场
就是拒绝彗星擦拭云层
留下月光的脚印
而每一次平安归航
像 X 光机完成一次
对灵魂的透视
无数双期待的眼睛
在众人的面孔扫描

大雁的神秘伴侣
灵感的金属翅膀
被驾驭的晕眩意志
这难道是梦中的飞翔

飞行记录

2000.4

118

无意的时针

边缘

一
流水揉皱你的影子
时间如碎裂的镜

二
自编自演的木偶剧，就像
夜晚脱掉衣服的橱窗模特儿

三
乌鸦掉下的食物
被饥饿的孩子捡起
乌鸦真好

四
一滴雨
悄然锈蚀着枪筒
突然卡住射出的子弹

五
夜晚，蛇向
天空发出的明信片
被拾荒人捡起
借助闪电的光芒
他看清上面的文字

六

他缺了一只腿

被人嘲笑

原来他把一只腿

卷在裤筒里讨来很多钱

他被人赞美

七

刀的边缘切中要害

天空的边缘带来一场暴风雨

我的边缘，压在石头下的一场梦

八

一位老妇旁若无人地

反复摆弄她那一筛

无法卖掉的黄果兰花瓣

俨然要找回自己身体逝去的香气

一位叫卖玫瑰花的小男孩

希望满街的人都成为情侣

2006.10

腹

地

一

无形的夜空

双眼垂泪的铁塔

二

我和你，深入

一片沙漠的腹地

一道月光滑肩而过

我们快要结霜

的影子抱得很紧

三

沙漠中建起的高楼

被夕阳的残血染红

四

时光倒流

谋杀已然进行

谁掐死了一朵夜来香

我能听到坟场里的声音

五

孩子，我多么爱你

我把祖父留下的锁交给你

你不用钥匙，转身锁上门

让你的孩子睡着了

六

诗歌已死亡

她的尸体在哪里

她的尸体是我的灵魂

2007.5

鸬鹚在水中
抢走鸭嘴兽的食物
煤在雪线之下
蛇的休眠越过冬天

在黑色深井中
挖啊挖，挖掘死亡
的音乐和劳作的钟声
仅存的眼睛裸露在煤层里
涌动的暗流在盲人脚下
满载希望的升降机
仿佛一辆灵车辘辘向前
有谁能越过亲人的泪水
把一个卑微的梦想还给故乡

波动

2007.10

那些被语言伤害的事物

仍在空气中蔓延

每一个字如一朵花

用祖先的血脉浇灌

动词罂粟般发育

手套指引道路

我们陷于起伏的和平

活在没有打开的伤口

而灾难不断打动我们

那么多人同时去天堂集合

我们穷于拯救的艺术

只剩下最后一片森林

有几棵树在看着我们

没有根的影子移动

没有根的影子移动

它是死亡的回音

是我们活着能唯一想起的

灾难年代

2009.7

重力的囚徒

卡尔·本茨早已经作古
汽车爬虫一样遍布地球
不断变换的面孔
牵引欲望的脚步
哦，青花瓷空洞而鬼魅
止于大海高贵的遗骨
异国的天空没有边界
钢铁惊醒驿站的马铃
山川从前方压迫我们
速度正命名整个时代
飞信无往而不至
却承载着更多离别
一切与大地有关
我们都是重力的囚徒
一只铁皮乌鸦
在天外俯视芸芸众生

2009.7

是停止的时候了
火早已折戟成沙
却未能阻止灾难
当思想熔为书堆的烟影
是诗歌放弃自由

是停止的时候了
风暴的核心碎若丝绵
阳光仍投下可惧的阴影
当红嘴鸦在雪地失语
是玫瑰穿越高墙

是停止的时候了
电梯正在上升
群山无法遮挡
当春天冰释仇怨
是爱召唤我们

电梯之困

2009.12

物欲与战争

你已经给我们带来了
难以摆脱的任何东西
核辐射、酸雨、瘦肉精
抑或一种固定的想法
在黄昏的光影下
汽车泥鳅般穿梭城市
看不清混乱的雨季
沉闷的桥墩以面拂水
阻挡着泥沙，像我们的肺
频繁地过滤空气
充满鼓风机的节奏
而我们仍然站着
以诡异的面具
以母亲优雅的曲线
以一辆破旧卡车的风度
感受这个世界曾经
带给我们的温暖和幻想

无限飞翔总是很难
我们还不清累积的债哦
如果一只鸟破壳而出
显微镜下这是一种
多么绚丽的奇迹——
或许天空此时生了病
难以鸣叫、哮喘的鸟群中
乌鸦是一种特别的鸟

始终衬托着无畏的雪
黑色曼陀罗般炫目
如同魑魅手中的莲花
同样以纯洁的名义开放

我像空气一样环绕你
感受你火车般的力量
在每个未来的站点
挥手向等候的人群告别
夜晚尽可能
缩短欲望的里程
搅动梦境的轮盘
仿佛飞向黎明的气球
如果人声鼎沸是未来
如果诗也全是物质
我们必将被自己捕获
像金枪鱼一样
被从海里拖到甲板上
我们打晕并杀死它
把恶行留在它的大眼睛里
而在某天人类的战争中
它会向我们重映和回放

2011.7

暗
物
质

仲夏的迷宫

医院如一杯冰牛奶

灼伤炽热的指环

一列火车意外地

驶入停尸房

搅动逝者的梦

升起白霜的蘑菇云

这是未来的梦

在等待一封未拆的书信

——我大脑搭建的

宇宙之桥

在秩序和混乱之间

透过榕树层叠的衣裳

筛过的树影，在下面

我们清新地留下

缠绵悱恻的心扉

那些夜晚

饥饿点亮子宫的黑暗

星星的摄像头

记录激素的神秘

——这是爱情

唯一唤醒死亡的药

2011.8

在失去平衡的双耳

幽闭症蔓延两小时

我戴着氧气面罩使劲呼吸

夜的舷梯蛇一样伸入梦中

一万米海拔太低

潜水艇的桨声

一株楸树的秘密旅程

当穿过死亡的玻璃

我是自己愤怒的催眠者

温暖来自条石长凳

两棵年迈橡树

异样的对视

这些孤独的结晶体

从汗水中渗出盐

最后发酵成一座活火山

在地球零度风景之上

我坠入太阳，坠入

风暴炫目的洞穴

谜一样吸引

你的高空滑翔伞

死亡的宇宙蝴蝶

有关爱的主题悉数遗忘

高压氧舱

2011.8

水位仍在上升

快要超过我的地标线

我平衡的姿态很危险

像只上了膛的水桶

基于一种哑药的力量

其实枪炮未必能胜过

辘轳，这种巧妙的丛林工具

面对水井，我们每个人

无时无刻不在分享它

每个零件的不同功能

我沉入轮轴卷起的漩涡

敲碎隐形狮身人面像

我的影子凝神屏息

提起一筐死鱼

地标线

2011.8

猫头鹰

停歇的码头

时间在搬运

集装箱里的失眠者

到另一处地点

匆忙拉下帘幕

回到黑暗的五音盒

我听见心跳和脉搏

数着头顶的星空

歌声如烟

渗入荒诞之镜

我被折叠投射

到空荡的峭壁

水母一样跃动

拥着你的苹果树坠落

当药片收回

我睡眠的权利

白昼难言的告白

只留下一副魔法面具

停靠在枕边做梦

2013.8

失眠者

无意的时针

此
生

2013.8

大理石页面

合拢一本书

蚁群反复阅读

往来此地的轮迹

我们，为同一辆灵车

所装载、拆卸

千篇一律的颂词

布满街头的小广告

叫卖此生秘密

水银贯穿银杏

测量冬季的耐心

喉咙必穿外套

热电厂上空的薄雾

宛若海妖降临

盛开一地罂粟

立交桥膨胀

如剑麻伸入体内

剪刀装饰无边原野

松针指向天空

无节奏的钟摆对应

咖啡屋的一对恋人

网上购买一粒种子

复活公牛胚胎

镜中无羁河水

此生被影子耗尽

街头裸奔的疯女

幻化为一只天堂鸟

桦树的年轮放缓扩张

正如泉眼的涌流，灵感

开始枯萎，身体加重锈蚀

一丛丛眼睛传递幻觉

时间在移动童年的坐标

欲望在替代，我们的梦想

变得渺茫而无助

这是我料想的盛年吗

抑或一张孤单的返程车票

疼痛在交织，无言的

神经树杈，仿佛一场闹剧

禁闭而晦涩，却每天都在上演

盛年

2013.9

不停地排挤、跟随

为了一次次演习

等待预期的炮声

毫无掩饰的聚会

计划中的案发现场

一只土拨鼠在挖

不惊不诧地挖

沿着骨骼僵死的纹路

黑暗突然打开

我们在伤口的那头会合

逃亡？

抑或等待

长在路边的美人蕉

像站街的失足女

困

惑

2013.9

树木被不同的纬度分隔

暴龙也无法躲避自然的筛选

宇宙之力给予一切

亦能埋葬一切

无论掀起多大风浪

大白鲨终究搁浅

不是因为触上礁石

抑或潜水艇的噪声

是缘于它内部的霉变

搁
浅

2013.10

挽
歌

逝者不断重复

我们必然的未来

从绿色脉管里

聆听最后的声音

歌声渐远直至

飞机失联的海湾

自由本归于泥土

有时却介乎海藻

和狂鲨之间

天上的云海来去轻盈

我们追寻迷一样的帆影

从游戏的孩子银铃般的笑声

到琴弦渐渐磨损的大提琴

喧嚣过后爱的幕布寂然垂落

而春天毕竟到来

在靠近露台的一角

腊梅结出新蕾

银桂溢出初香

莫名的飞鸟正啄食

橘红的金弹子

2015.6

那不可预料的

从高大乔木上方

急泻而下的白光

令树叶颤栗和

大地晕眩的白光

时钟滴答作响

敲击死亡，万般疼痛的白光

在它投掷的影子中

凹凸镜的隧道

穿越急救室放大的眼帘

我看见早已去世的祖母

被陌生人活着推进来

她苍老的面孔清晰而准确

飘逸的银发在水中荡漾

记忆之光如一场雪

融化后温暖的实体

我与她近在咫尺又恍若隔世

她或许是在天堂等待我

亦或到这里寻找复生的希望

为何对我视而不见

是死亡定格了她生前的记忆

还是时间磨砺了我曾经的容颜

我充满疑惑，却欲问不能

像个缺氧的蛙人在水中挣扎

迷离中看见两位渔夫

从海上钓起一条大鱼

白
光

他们划开鱼腹放进几粒罂粟

说这是祖宗止痛的药

然后放进几片冰和一把糖果

缝合后再放回大海

而这条鱼游动几下便没有了声息

不知何时，仿佛有一位

天使唤醒我，我已经

安静地躺在病房里

眼前呈现的是白色床单

白色天花板白衣护士

以及同样滴答作响

不停坠落的打点滴的瓶子

还有一直陪伴在身旁

我需要重新认识

哑然无语的妻子

注 此诗系因醉酒送医院治疗后，
据当时场景与幻觉有感而写。

2015.10

我万分急迫，一度放弃
幻想的手、钓钩、鱼饵
费力地垂悬着
像一根连着地雷的拉线

水中的神秘不可预测
溶解、滑落、漩涡般的梦
腐烂的食物、争斗、沉入深处
我守住一世的清贫
成全钓钩的欲望
瘦小的鱼儿庆幸还活着

向荷塘撒钩
向流水撒网
我沾满鱼腥两手空空
徘徊在不停颠簸的船头

垂

钓

2016.7

我们触及天空、大地
粮食、灵魂小小的幽暗角落
我们在淋浴间穿上泡沫的水衣
感受自由的恩赐，一枝槐花
以及它上方盘旋的蜜蜂，我们
感受到它们发育的不同驱壳
在给黑暗的元素绘制光谱
也许光的阴影和声音的磁性
在辽阔的背景中仿佛一面心墙
而我们只为一滴不由自主的眼泪
愧疚，因为眼眶未能阻止良心的宣泄

万物寂静时，架设一座楼梯
陀螺般旋转，旋转直至持鞭人
走下最后一个梯级
这不是梦，当潮汐涌进脑海时
你不能被天气预报惊醒
当清晨的阳光涌入时
你不能同时推开两扇窗
而我们就这样在荒芜的
一小块空气里，像个潜水钟
抵达海怪的领地，不知与谁
为伍才能从梦中的海谷深处
打捞起一道海巫的咒符

封闭的人

2016.7

一

危险的光在无度曼延
矿灯已深入大山的内部
我们挖掘风的欲望
和梦的住址

二

风如吊钩
连根拔起街面
的梧桐和我的牙齿

三

动物园内壁虎
在勾画它的版图
爬壁草破窗而入
老虎正守株待兔
疯狂的自驾游
剧情突然反转

四

拭去商周时代的粉刺
青铜器上的铭文
被流转拍卖
一幅匿名的
画像笑了

矿
灯

五

隔着汽车玻璃

你的脸是否

放大或变形

这始终是个问题

六

玫瑰成灰

矿灯已然熄灭

故去的爱人

在遥远的星的背后

如陨石雨滑落的气味

2016.8

在行进的旅途中

一个人不断打扰

像我唠叨的爱人

从骨头里不断发出的声响

告诉自己我依然充满激情

从内心不断眺望的眼睛

把大海当做一面镜子

我所欠缺的是鸟的功能

这是想象不能抵达的高度

而我依然空虚寂寞

从窗台移走三盆君子兰

换来一株发财树

我为疾病抽空

我的体液，我的营养

我的儿子竹笋一样发育

在最单纯的浪漫中

夏天的绿，草坪上的卷毛犬

尘埃中绽放的花朵

一切可移动的事物

将成为博物馆的标本

我为它们的遗体编号打码

为我日后的死亡早做准备

我为爱而来，祝福

从灵魂焕发出的生机

我百思不解，是时间

疾
病

的毒药滋养一生的快慢

还是疾病偷走了我身体的阳光

其实时间根本不是时间

它像麦地里守夜的稻草人

仅仅是记忆转换的一个符号

天亮了还是那个稻草人

少年时的那只鸟依然在歌唱

我也仍在快乐地生活和行走

我想问父亲，年少时

的快乐，逐渐衰老的快乐

和预料中迫近死亡的想法

能否同时说清楚

因为我病了，将与

飞禽走兽殊途同归

我也想知道它们死后有无灵魂

2016.8

你身体的模具

携来别人的身体

你总是说她的血液里

有你的一半，你喂养她

打扮她，去菜市场为她买菜

把她送到工厂的流水线

去装配打磨，你完美地

呈现你创造和培育的艰辛

为的是你的权威和拥有她的未来

其实在这个模子里

一张无形的网中

她与生俱来就知道一切

她是胚胎时就能听到

你说的话和看到你们的秘密

她没有诞生前就会做梦

大大超越了你的禁忌和想象

正如你儿童时期的恶作剧

和各种冒险的故事

她一点一滴地长大

逐渐厌烦你的说教

甚至厌烦你为她痛苦

她有了自己的朋友

喜欢上邻家的宠物狗

和夏天的蝉、夜里的猫

分裂的孩子

你一脸茫然难以接受
像是不经意间在一片阳光下
偷摘了一枚没有成熟的柿子
但你还是自言自语
"我很了解这个孩子
了解她的一切"

有一天，她终于要远走
在阳光中，戴着鸭舌帽
推着巨大的行李箱
她要出发带着你的忧心
去寻找自己的梦，像一束
蔷薇花在石墙下随风摇曳
像流水带走春天温暖的影子
这一刻，她突然噙着眼泪说
"我一直都没有离开你们"
而我知道你已飞得很远
白天我看到一群活蹦乱跳
的孩子，仿佛生活回到当初
的原点，深夜我反复整理你
的相册，编辑好用微信发给你
然后在如灯的音乐中沉沉睡去

2016.8

整夜的雨

在夏日的尾部

反复落下

持久的凄凉

无意的悲秋

抵达季节的皮肤

进入历史的感知

对于我

我是什么

在苍茫的空虚中

仅是一个

虚拟的符号

飘浮于空气

或寄生于某种实体

我们未知的感觉在

梦中应和这雨声

从天空的根部

解构这不安的情绪

我们醒来或者

被一种惯性蒙蔽

都言之凿凿

仿佛这雨滴

从天空带来

灰尘、细菌和

一种历史的传染病

秋

雨

2016.10

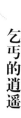

乞丐的逍遥

我一直为一位来历不明

形迹可疑的乞丐而困惑

他有时拒绝任何施舍

以一种国王似的

轻蔑自在的神情

接住雨雪解渴

采摘果实充饥

他随性地在岩石

或桥墩下居住

甚至恣意地当众撒尿

我厉声呵斥道

你是哪里的？　在干什么

他要么对我毫不理睬

要么以同样的问题反问我

仿佛天地才是他的

而我只能尴尬地陷入

一种停顿，无言以答

2016.10

那不可名状
无所不及
始终难以穿透
的黑色

是空
是光的诱引
是人群在梦中行走时
被偷换的星空
是色盲的幸福
和一直停电的农场
是鼹鼠
打了一半的洞
和墙拼命地抵抗
抵抗光的降临
而黑色惊讶地发现
有时人的灵魂
比它更黑

黑色

2016.11

乌鸦是一种什么鸟
我感到它活着的证据
广阔而幽远，像梦游者
参加完一场假面舞会
从稻田中央醒来

乌
鸦

2016.12

整个冬季
不断加速的雪
栖息在我灵魂的
残枝和梦的尾声

每天我从黑暗
的过道进入早晨
我要去哪里
将会迷失在何处

一家奶牛场的粪骚味
弥漫在升起的薄雾中
我经历锯木厂的磨心术
与晚点的飞机结下仇怨

一辆装载时间的货车
把我重新倒回黑暗

磨心术

2016.12

那些秘而不宣的

事件和公然的杀戮

兔子与鹰隼

都在喊冤

我们目睹比四月

还残忍的季节

身临异样的丛林

大口地吃肉、喝酒

咀嚼着古老

屠宰场的美味

在平静中

渡过危险而

隐秘的航程

当经过每一次

漫长等待的

昭雪之后

这个冬天又

把你花园里

的一具尸体冷藏起来

异样的丛林

2016.12

布满

石头的天空

都说是星座

它从不给飞翔的鸟

留下空位

却用一半的时间

把鹰的翅膀涂黑

如果天空

舍弃黑夜

这世界不瞎

会好些吗

星

座

2017.3

这里，淹没一切
这里，人迹罕至
我陷于水中之镜
和镜中之水
在它的下面，我发现死者
在你的背后，我找到凶手
在我的对面，我看见演员

镜子

2017.3

狂风吹进

骨头的裂缝

酿成梦的苦酒

火焰状如真理之塔

在它的弯曲之处

苹果飞回夜树的枝头

死者的头颅滚落一地

时间的诊断器

和上帝的解剖刀

证明每一个

死亡的原因

都是谎言

谎
言

2017.3

半夜的警笛

冷清、孤独

像一匹狼

在雪地嚎叫

我出发如同

一粒子弹旅行

经过红绿

两只眼睛扫描

就范本能的花

超越理性的果实

我把自己绑在

四只肉刑轮上

当抵达命案现场

灵魂开始不断穿孔

命案现场

2017.3

靠近窗台的

那株君子兰

它挺立的

绿色茎管

支撑起

十个花朵

向光而生

像十个婴儿

红润的头颅

低于窗台

背离光的景物

像某个

诗人的诗

难以描述的

侧面之词

氤氲、性感

如同

我体内的

那枝"金瓶梅"

旁逸斜出

暗潮涌动

而我始终

无法看清你

背离光的影子

你却要我

投你一票

侧面之词

2017.3

伸出黑手

的绣娘

在深井、天空

裸体——网

捕获蚊子的芳心

像大麻之于瘾君子

通过匿名电话

送来快递

**蜘
蛛**

2017.4

第五辑

故乡和远方

面对你镜中的倦容

和降服万物的凝眸

祈福与超度应验凶兆的轮盘

理想的花车驶向被嫁接的春天

我捧一束啜泣的玫瑰

深陷你幽远的病房

倾其毕生画一幅倒挂的油画

留下身首各异的剪影

把头脑还给信众

把爱情留在冬天

铅注的双脚掠过宇宙

火焰上升成骏马

命运的四季风火轮转

雨丝如麻计算坠落的高度

人类失去敲击玉石的声音

和弹拨生命的琴弦

从空城计到八阵图

尘封多年的宝剑

刺破预谋与伏笔之网

砥砺之光重回梦幻的回廊

幽冥的子宫荆棘密布

我们期待再一次降生

清晰行走如直立的骨人

脱去皮肉的伪装

佛
像

我的疼痛在城市

城市的疼痛在故乡

故乡在同一天夕阳映照的归途

暮色召唤行人

黑夜是对黎明的拷问

今夜天空布满棋子

试问我与谁对弈

2001.1

一

这次旅行

是为了逃避一束

迎候的玫瑰

没有目的

甚至没有确切

的降临地点

因为冬天

和冬天的雾

二

在路上

我将完成一次

从地面到空中

身体和欲望的错位

三

如果地球真的变暖

是冬天的热量

令她破碎

车顶的雪人迎着风

消减自身的重量

和洁白的笑容

四

故乡只是在空中

旅
途

鸟瞰逐渐缩小
或放大的城市
如动漫中积木
堆砌的变形金刚

五
世上并没有路
路因为黑暗而追寻
因为追寻而埋没

六
我们无法更换
古老的文化羽毛
也无法阻止
羽毛的脱落

七
在铁的阴影下
花朵已经变形
青花瓷上开放的莲花
是生命被嫁接的影子

八
纤夫们
把绳索当做衣裳

把一棵树作为标杆
唯一的目的是一生的口粮

九
我潜入
一面镜子的背后
倾其毕生画一幅
倒挂的水墨画

十
我是
这封信上
的一枚补丁
邮戳加盖了
永远漂泊的痕迹

2004.8

浮世的表达

夏日浓重的阴影下
列车在无垠的原野飞驰
山川急速后退
像要挣脱什么
无数人聚集在一起
为同一节车厢所困扰
发出虚妄的激情
你在其中成为幻想的对象

当换一段行程
秋天突兀而至
爱情哑然成为
一片枯叶的梦想
不知所云的事物
是我们内心的表达
脱离浮华的一种方式
是从高楼望去
远方的禅院在暮色中
凄然沉入心底

我们难以抵挡诱惑
也无法与时光一刀两断
旧时的伤痛
早已为未来埋下伏笔
从入世到万物有始有终
旅途的偶然相遇

仿佛前生约定的暗语
当风悄然拂过花朵
另一个季节来临
冰冻的天空
压低飞鸟的想象
迷途在路上
穿越隧道的尽头
我们看不到风景

我终将折戟而归
沉默的航空母舰
漂浮的美丽小岛
驶入心灵的异域
生与死是同一次机会
仰望天空突发的灾难
每一枚爆炸的红樱桃
似花瓣凌空飘洒
身体瞬间的对话
持续坠落无垠的大海
我们灵魂的引擎
无数次迎着风
在靠近上帝时熄灭

那座桥连接彼岸
连接另一个星际
桥下已经没有水

你的凝眸吸尽芳华
仍对河流持续的渴望
你的身体被时间扭曲
定格为一幅画

万里大漠连接天空
卷曲的胡杨
呈现灵魂的话语
那位模特的裸体
仿佛在诉说
美曾使这里经历一场战争
那些战死沙场蒙面点灯的人
照亮前方的道路

一对情侣的爱转入地下
从另一个出口无形穿过
车流过后掀起一片尘土
速度终将使玫瑰枯萎
心往何处？根在哪里
为何我们自毁家园
这是最后的收割季节
每个人为了爱而期待
目光交织成海洋
欲望利箭般洞穿身体
苍白的躯壳，坚强的气泡
如同热气球升空

惊鸿一样掠过山脊

深渊充满诱惑

一个集体越界的时代

你无法继续童年的游戏

身体被反锁走过钢丝

总有难以表达的言辞

平衡是与世界对话的唯一方式

一边摧毁玫瑰与莲花

一边回到故乡回到经典

宁静的村庄孕育出

榧林千年树冠

这是神的荫庇

宛如天边传来洞箫的声音

为何如此刺痛我的心

2005.8

雪落无声

雪是否降临
并不取决冬天
在儿时飞雪的地点
夏天也很冷
道路甚至
布满雪的荆棘
把我绊倒

我的帐篷
离城市很远
消融的冰块
离火焰很远
我却深陷其中
难以自拔

在咖啡屋
冷桌的角落
你温暖的一瞥
打破对视的宁静
我侧耳听到
钟声再次响起
我要到南方去

残月映照的旷野
此刻大雪来临
我们一起跳舞吧

把身体扭成一簇火焰

如同一口枯井

喷发原始的野性

上帝闲坐天庭

你君临天下

急促而广阔的恩惠

撒在每家的屋顶

和覆盖我的心灵

再大的风雪

也隔不断道路

熊的灵魂回到山中

我隐约向终点靠近

2006.1

2008：雪的纪念

潜伏已久的雪
终于暴发
天空无可挽留
像要表达什么
这场雪超乎雪的意义
是天空被雪围困
像枪被子弹围困
雪的暴动越过
天空长久的静默
而比雪巨大的
永远是雪上面的天空

雪还在下
以君临天下的气势
像无数白色音符
汇成的交响乐
鲸吞世间创造的果实
萎缩的铁锤打天空
道路隐入鸟之梦
那些被冰封无家
可归的蚁群在等待
食物、光明和热量
此刻一天的终点
仿佛一生的终点

如果雪戛然而止

大地重回黑色

南方在另一个纬度命名

世界进入另一种素描

2009.1

无意的时针

故乡和远方

星期天的学校
雨后空明，一片寂静
像少年时的孤独
她可爱的幻影
在迷蒙的清晨
戴着红围巾离去

总是受时间的启示
梦里追随回乡的马车
这一生故乡和远方
相互纠缠，如影随形
像一只蜜蜂吸附花盘
贪婪抽空青春的记忆

当木棉花应和着钟声
忽明忽暗穿透泥土
身体的枝蔓勃起又枯萎
正如我们一同老去
在阳光下佝偻而平和

2009.7

你看见被毁的头发

它来自昨日的眼睛

一颗星划过农民的睡眠

粮食始终是夜的目标

你播下雪花般的自由

脸颊被切割书写

秋千在风中晃荡

绳索逐渐收紧

死亡在冰汗的额头

感受心跳的余温

我所沉默的正是鲜花盛开

在暗哑的耳廓

春天成为多余的季节

春天的葬礼

2009.9

早春

春天又来了
栀子花开还待时日
从土楼升起的炊烟
穿越一个时代
在城市的屋顶
凝结成一层灰霜
我们挖掘煤的睡眠
和歌颂土地的压力
而爱不是劳动者的果实
速度已给生活致命一击
我们还能攀援什么智慧树
阳光下的梦
白白的，　很冷

2010.2

家——亦步亦趋的世界

在灯光摇落的内心

桌椅与我对视

从这里透过暮色

天空像一面黑色镜子

忙碌的雪旋转

寒冷来自我们童年

窗外乌鸦惊悚一瞥

飞越陈词滥调

乖戾的孩子啊

你从海葵中生长

文化的浮力深不可测

梦想之舵迷失大海

父亲一生如钢琴键盘

记录命运的流水账

在这里为死亡好奇

仅会走完一节乐章的距离

家

2010.2

给父亲

暮霭沉沉
老去的雪
指向你的四季
流沙随风起落
命运向西
剔骨刀般严密
走过你的 1938

父亲，我们未曾谋面
我就成为你的必然
那一年，家国飘摇不定
祖父守着他的口粮
越过你的宁静

你身轻如燕
掠过河面
薄冰反射如镜
垂钓梦想的鱼
春天的一次机会
被雷声染红

那件灰衣裳
没有性别之分
带给你躁动与迷惘
也在我眼中降生
啊！母亲的怀抱召唤我

最初剪刀的晃动
注定我一生的漂泊

暗示你的未来
粉笔扩散的病毒
嵌入坟墓的记忆
结出一株苦荞
随意敲打着风
你仍像一名更夫
守望黑夜的家园

在没有天空的背景
同一坐标固定我
曲折表达的面具
当生活被渡鸦借用
你距时代渐远
唯有蹒跚的步伐
和整天的沉默
打动我

2011.6

注 父亲出生于1938年，从事教师职业直至退休。

180

**土
地**

暮雷声渐近，你
如同哆嗦的獭兔
从黑夜的眼眶
——抽出蚕丝
绘出一幅铜版画
当黄金子弹头
穿过祖辈的面颊
却在你的额头
留下最简陋的伤痕
这是同一块土地
反复经历静脉曲张
秋海棠、常青藤
灰色木雕全都
陷入钢筋水泥的战争
你被迫留下来
与风车对弈
终被王的影子擒获
那不可征服的影子
渐失去血色
我是飓风翻开的一页
在祖先沉船的甲板上
与未来者对话
最深的痛苦是呼吸

2011.9

夜寂静

如洞穴

惊飞的蝙蝠

树林的进行曲

空旷无垠的回声

爱情白霜凝聚

在月光下

荒诞而飘渺

去年往返的火车

累坏铁轨

传来黎明的梦

略带咸味

这是词被漂白

是我追逐你

白

描

2011.10

你曾多次搅动这里

不安的天宝山

越过灯罩的时空

语言的铧犁

已显得迟钝

一梯梯青石台阶

远离记忆的星辰

你躺在滑石粉的天气下

没有鸽哨引领返回

大理石的月亮和酒杯

对饮虚拟的身影

或许你并不会舞剑

只是一个爱叼烟斗的男人

而今我们是你空无的邻居

在稻草人横亘的田野

醒来的早晨已冰霜凝结

我从未梦见过你

而你白驹过隙的幻影

留在天空的指纹

仍是我形迹可疑的证据

为了确立同一个主题

无羁的语言如外套上的雪

冬天终于给了严峻判决

把它放在凹凸镜下烧成灰

2012.11

梦李白

注 李白故居位于四川省江油市
青莲镇天宝山麓。

一双灰眼睛

盯着一幅水墨画

生者已逝

往事挂在相框中

我已去那里多次

都被阻挡在风景之外

如同一艘轰鸣的机动船

驶入古老平静的港湾

袍哥、商贾、地主、妓女

鸦片、会所、庄园、戏台

如同一群群乌鸦

都被矫健的猎人赶走

沿青石路面

四散在荒野中

那些人不知去向

那些故事不可言状

在一个新时代

我们检阅他们的葬礼

如同后来人阅读我们的记忆

青林口

注
青林口为四川省江油市
境内的一个古镇。

2012.12

远方，一座空荡的木屋
门向西而开，像一台
路基托起的干涸的饮水机
看不到别样的风景
唯有摆脱困顿的欲望
我与他们凑在一起
几只长途旅行的灯泡
从黑暗的箱中移出
各怀心思，向往更加
遥远和辽阔的辐射

为了灵魂失重之轻
为了爱情超越想象力
我想借此置身世外
仿佛镜头中抓拍的飞鸟
虚拟的脚掌掠过喀纳斯
皱如绸缎的湖面
当延伸至感官之外
鲜美的布尔津烤鱼
图瓦人质朴的叫卖声
在早晚变换之间
凝结成汽车皮肤上的薄霜
恍若隔世，内心隐秘的擦痕

我们从未察觉此刻
如此靠近，众多意志以外

旅
行

的事物仍能打动我们
当暴风雨用温柔之唇
吸干空气中的灰尘
大地每一处都是新址
我们如同北山羊回归
重新走进那片光亮

2013.8

**梦
境**

记住所有进入梦中的人

记住皂角树下孤独的小男孩

当余晖投射在积满白雪的屋檐

当白昼的面颊言不由衷

真实的行程因此而展开

那些途经古柏覆盖的驿站

云雾缭绕般迫近的过客

都像是我儿时的玩伴

在此刻显得惊诧和无邪

有如一幕幕黑白电影

旧时的街道熙熙攘攘

很多人却消失在拂晓之前

难以重现故乡明亮的雨季

这正是痛苦抵达的港湾

居于略带鱼腥味的喧嚣

与隐秘的漩涡之中

那些镜中无限放大的爱情

在宁静的湖面结冰、破裂

仍牵引云中飘逸的长发

给予我们太多遐想

那些惮于梦仍做梦的人

能否回到昔日场景

唤起铭心刻骨的记忆

唯有矫健的根须从地表伸出

它是我们避开死亡的时针

保持着以往空虚的意志

2013.8

在明亮与
暗淡的天空下
我拒绝飞翔
以一种固定的姿态
径直降落
寻找错失的我
不愿接纳的大地

它分开空气
久久地滑行
无形之水
填补脑海的空白
日常事件的幻觉

古老的街道
波斯菊的走廊
我怀着两种目的
平衡生活的支点
清晰而盲目
如雾中的明镜

我们都有
回来的理由
在此处不被记录
而精妙的时钟
以磨损为代价
指向我们的衰老
和死亡

空
降

2013.9

一个潜隐的世界

被雨季洗刷，更加朦胧

从远方起飞的菩提树

越过大海植入意念的沙滩

是梦境集合我们潜水

一起坠入天国的深渊

坠入生活的琐碎细节

因为惧怕回忆

难以描绘死亡的荒芜

我们期待来世，饮尽

时间的玻璃，破裂的浪花

穿透花岗岩的缝隙

锈蚀着宏大的钟声

必须重建星空——

在百年未开的门廊前

樟树蛊惑松鼠灵巧的心机

普陀山

2013.10

189

我们不断重复

反复倾轧

相互诠释的自我

不足以放弃

也不足以抵达

当疲惫的行囊

装满纠结的欲望

我们为何而来

被什么吸引

始终是个问题

但此刻我们已经置身

于海天一色的镜中

与小岛上古老的

桫椤、龙血树

以及大海里

五光十色的热带鱼

珊瑚礁共生于这片

白日梦般的镜中

片刻阴郁的天气

从筛眼的天空

撒下雨丝金色的网

它罩着我们

暂时忘却的过往

无以摆脱的未来

这似乎永恒的主题

仿佛古老的梦想

蜈支洲岛

无论鱼跃或鸟飞

在此时此地

戴着镣铐的光影

在镜中编撰故事

它印衬的庞大背景

从陆地向海面延伸

带着黄花梨悠远的气息

在互联网时代缓慢醒来

清晨不言自明

海平面升起的

日出不言自明

从略带鱼腥和腐臭

的码头下水和出发

我们能够到海底漫步

亦可被拖伞举在空中

而这仅仅是游戏

测试水鸟的游戏

来自同一艘游船

所编排的我们

不能确信能到达哪里

被桃花粉饰的面颊

在此刻终于可以

暂时卸下一身的

装扮和旅途的重负

沐浴在热带海洋的季风里

为了爱和找回

昔日纯净的港湾

我们在波涛卷起

的巨大泡沫里

仍无法彼此看清

更难以相互靠近

在这海空之下

一大群曾经在陆地上

趟过浑水的演员以

自恋狂和自虐狂的舞蹈

同时在海滩蹭水

当夜深时分

船的灯火，鱼的游动

在昼夜轮转的魔镜里

奇幻的舞台无限广大

哪儿高过虚空

远离仇恨

向往着重生

2015.9

注

蜈支洲岛位于海南三亚市北部海棠湾内，岛上植物繁多，风光迷人，是近年来兴起的一著名旅游景点。

到达只是偶尔
离别是永恒的目的

视野不及的事物
车站是欲望可以
提前抵达的虚无之境

我们移动的轨迹
和车票上的座位号
充满难以预料的机会和结局
车站是可以辨识速度的见证
或者完全不能抵达的任意地方

如果火车晚点
并不意味相见恨晚
你可以在手机上
发微信看微信亦可百度
一只鸟、一条狗
一头海狮、一个魔鬼
你把它想象成自己或等候你的人

**车
站**

2016.7

你已经

把摇篮里

与我对视的眼神

秋千上荡漾的影子

搬得很远

而我仍日夜爱着

你的惊恐与尖叫

你的淡忘与寂寞

爱着你未来的白发和死亡

终有一天

我将在青烟中

沉沉睡去

我只要你把我的

一行足迹、半个影子

从剥开的伤口

带回未来的故乡

搬走的影子
——给女儿

2016.12

暴雪将至

暴雪将至
这个冬天
你是决定一切的词
禁止风和云的突围
禁止火与光的升腾
禁止超越地平线的想象

我的一切缘于
你纯粹而沉重的压力
即使到了盛夏
在深深的绿色中
也要大口地喘气
我顺从你的狂暴
为了不劳而获
采摘你融化的果实
却两手空空
身体也随即被融化

我的一切源于
你黑色苍茫的背景
除了一把夜半开锁的钥匙
和这孤独不安的灵魂

暴雪将至
我远方可怜的孩子
黑眼睛的孩子

你遮蔽的双眼
是否也将充满白色
充满这一切的词

2016.12

无意的时针

下雪了

下雪了
村里的小花
去哪里了
我童年的小花
去哪里了

那只曾经摇着尾巴
向我讨食的大黄狗
藏在梦中

那个早已离世
像林黛玉一样柔弱
时常在街坊梳头
晒太阳的肺结核女子
藏在梦中

下雪了
下雪了

2017.1

197

我们聚集于此
何以被吸引，且难以拒绝
是悠远的灵魂契约
无法替代，因为谁的妄想
这片翠绿廊道唤起的
那一组词，偏离一个星体的存在
令我们痴迷这种古老的技艺
为了字斟句酌，无辜而盲目地
从古柏的年轮中
找到山羊、麋鹿和豹子的蹄痕
从每立方厘米九万多个
负氧离子的空气中抵达你
让鹰的利爪擦亮思想之矛
让风抽空每一片树叶的青春
最终，变成呼吸的光

是时候来了，你带着
一道突兀的龙形刺青
超越我们想象的画像
从一道刻在骨头上铮亮的烙印
发出空灵而沉重的质问
当时间穿过痛苦的真实脉络
和龙袍在石头上的梦
在古调、瑶琴招魂似的优雅中
我们一同宣示、全然陌生的对话
都长久地被虚无覆盖

在蜀道梦李白

夜色的重量，刀刃的指纹
蝴蝶的痛，月光的远
水的渴望，秋天的情欲
古柏林里的这些传染病
安静如木纹的肌理
这是诗歌，每个人宿命结出的果实
似乎早已遗忘大雪的狂暴
在我们平常的梦中丧失殆尽

注〉『龙袍在石头上的梦』出自『应梦仙台』。梓潼县七曲山大庙殿内有一石床，相传唐玄宗避安史之乱入蜀，在此休息时梦见张亚子（即后来的文昌帝君），告诉他安史之乱已平息。

2017.3

从宾馆的十三楼

远远望去

某人的故居

镶嵌在一个

叫乳头山的地方

这里曾喂养他长大

他莫名出走几十年

每次都用化名寄信回家

他死后，带回

马刀、战靴、手枪

和一大堆黑白影像

黑白影像

2017.3

清明将至
玻璃海棠
尚未花开
公路上
骑两轮摩托的人
背后都有个形似
骨灰盒的箱子

他们忙碌
加速行驶
涌向贩卖
假货的早市
像一群靠近
高压电线的麻雀

清明

2017.4

关掉手机
处于飞行模式
——想你
梦落在
一万米下
灯火辉煌的城市
——醒来
你从不转身
我只看到你
瀑布一样的长发
我知道
这是梦中之梦

飞行模式

2017.4

评论：辽阔的精神背景与朝圣的
诗人身份

张德明

1. 关于剑峰的诗歌，我曾有过如下的表述："剑峰的工作性
质使他成为绵阳诗坛冷静的旁观者，但又是一位勤奋的耕耘者，
作品不少。他将语言附着在情感的流程中，以情感的准确陈述来
显示诗人的灵动之感……这些诗歌中，我触摸到的是一位历经世
事的诗人看待生活、人生深邃而又简练的目光，剑峰诗里没有某
些年轻诗人的矫饰、嚣张、漫无边际与把玩，有的都是坚硬的极
富质感的对清寂生活的提取。他平和地表达有意味的生活和自己
的精神状态，简洁凝练的陈述中蕴含着大悲悯和感受的大深度。"
二十多年的诗歌写作，剑峰已形成了自己圆润完整的美学价值体
系。他不是一个专门的写作者，他的工作曾使他经常接触苦难与
哀伤，感受灵魂的压迫与人性的杂乱，领略俗世的荒凉与苍白，
考察众生的彷徨与紧张；验证新的现实关系下物质环境与精神背
景的猖狂角逐，持续还原一种理性的诗歌精神。在严密而强大的
现实情景中，诗歌写作既是他的一种精神延伸，也是他选择的一
种高贵的情感表达方式。作为现代生活的参与者和见证人，剑峰
以职业书写人之外少有的宗教般的情怀认同和支持着诗歌对心灵
的慰藉。

　　海德格尔曾认为弃神和技术泛滥是这个精神价值贫困时代的

主要特征。人们孜孜以求的基本上是以行动目的为核心的现实关系，但这又是一个个越来越无望的残酷陷阱，地位也罢，金钱也罢，色欲也罢，效率也罢。他坚持认为诗人的吟唱和诗意的栖息是人类本真的生存方式。换言之，他以为，人类的现实关系之所以必需有诗歌在场，说到底是因为生存与生命的延续和保证离不开诗的参与。"全媒体时代的诗歌写作空间如此开放，而每个人的写作格局和精神世界竟然如此狭仄，每个写作者都在关心自我却缺乏'关怀'，每个人都热衷于发言表态却罕见真正建设性的震撼人心的诗歌文本"。在这个无所不包的自媒体时代，人们的生活主张从来没有如此丰富多元，诗歌的意义和价值规则也从来没有当下这么灵巧奉迎。在乖戾十足的精神氛围下，诗歌给了时代和读者究竟多少意义生成？在诗人身份和表达精神普遍遭到质疑的大数据时代，诗歌为何？诗人何为？这不单意味着一种反思与检讨，更是一种对张皇失意又故作老成的诗歌写作状态的善意提示，全新的诗歌环境不仅改变着诗人的写作主张和真实审美状态，也在改变着诗人与读者的价值互动，考验着诗人的理性精神和价值标准。生硬具体的物质世界以精神与理性的双重夹击企图点化并吞咽诗歌写作的文学生态，诗人的奋争与抗击比任何时期都显得急迫。

2. 由于写作的需要，我比较集中地阅读了剑峰的诗歌作品，我有一个总体感受：在这个充满紧张感和破碎感的时代，在众声喧噪、诗歌（文学）日渐边缘的当下，在不少文人诗写作依旧沉浸在自我堕落的深渊中的普遍情形下，剑峰却在当代诗歌掩耳盗铃般的一片美学谎言中坚持行吟于心灵之间，用自己绝异于人的生命体验书写着现实形态，在对生存的无限尊重中发掘背景的美德与价值，禁绝粗鄙、娱乐与坊间写作的伦理命题的尖锐价值对立，以独立的姿态实施诗歌使命意义低音区的顽强突围，用素朴精洗之笔勾连当代汉诗同社会现实、文化记忆的丝丝关系，用恰当节制的情绪与持续的势头表达自己独特而激越的声音，赋予现代生活一种庄重与肃穆的精神面貌。或许，作为诗人，剑峰不是一位成熟的思想家，但他的写作的确又延续着对诸如"文明的尴尬"、"价值的沉沦"等问题的关注，更为重要的是，他时刻牢记着自己的民族。他诗歌中布点颇高的价值蕴含，其中渗透的国家记忆与民族认同，清晰地传达着取向精准的民族寓言：对家园和梦境的寻找。这种实在的生命深层的悲慨感悟催动着诗歌生命的绽放，绵密着较长时间以来诗歌对时代、人心的疏离，在竭力维护诗歌写作尊严和价值的同时捍卫个体生存的高贵和神圣，温润款款地展现着世纪之交万花筒般的当代生活图式。剑峰恰如一个孤独而倔强的歌者，在诗歌精神普遍沦陷、诗歌标准和趣味严重混乱、诗人追名逐利和附庸风雅成为时尚的话语背景下，在二十世纪九十年代以来当代诗歌风云起伏中，他始终坚守在诗歌写作的阵地，在鲜花掌声聚光灯之外默默而有趣味地业余从事着一份高贵的行业，拒绝华丽，没有炫示，实属难得；在繁忙的工作之余，坐拥洁雅不朽的缪斯情怀，数十年不悔，很为可嘉；身处喧腾胜景却心怀平静之心，在不少人奉迎恐之不及的现实环境中他却深感心灵定位的必需，更显尊贵。

3. 或许现实的启悟，人们对职场文人普遍存疑。尽管其中异数颇多。事实上，二十多年的写作经历和数量可观的耐读之作足以明证剑峰是这异数中的佼佼者。据我观察，由于工作繁重，剑峰极少参加文学界组织的各类会议，即使参加那么有限的一两次，他也尽量坐在角落，专注地听，绝不虚以委蛇，热闹喧嚣似乎与他永不沾边。剑峰这么些年来一直不间断地用他略显寂寞的歌声抒发对自我、对民生、对幸福、对苦难、对国家、对时代的个人感受。"晌午时分／天空晴和而静谧／一只天鹅／扇摇雪花般飘散的羽翼／奋飞在金甲玉鳞闪烁的湖面／飞向遥远的海之梦那边……假如天鹅消遁于尘世呢／这片城市的风景中／将会失去什么……"（《天鹅之殇》）。诗歌在温婉、飘逸、灵动中展示着恒定的坚持，并流露了些许忧虑和怅惘。诗歌紧扣时代脉象，俯身向下，摆脱了单纯个体经验的非理性介入，诗人以诚恳的态度与生活对话，真诚坦荡而有痛感。剑峰以诗歌的方式关注生存境遇和社会生态。表达了极其鲜明的历史观和现实观，提供了一种形而上的穿透力。作品给我们带来了一种十分美妙的阅读感受，它驱策着人们的阅读，并使阅读变得轻松，但意义的生成也在不言之中。

　　剑峰生活、工作在一个文学氛围很浓的环境中，工作之余的互相鼓励和支持，不断刺激着他的情绪世界。长期从事的职业使他成为对自我抒情不会有任何怀疑的诗人，这既是一种现代诗人恒久梦想得以实现的巨大欣悦，也是诗歌写作虚无主义背景下一种难得的精神自信和自省。在诗歌文本呼唤经典，诗歌写作更趋泛化，俗世物语更加猖獗的宏阔状态下，剑峰的很多诗作表现出了童话般迷人的人文关怀，纯粹而敏感，这是一种来自生命本源的写作状态，或者说是一种几近天成的诗歌秉赋。换言之，剑峰放弃了一种纯智力意义上的主题品质的刻意留恋，回归到一种情感意志的本真形态。"一片镜湖落于天外／皑皑湍流荡涤／蒙垢之心——大地铅封／道观迁址／谁蛰伏于夏日高阳／寒蝉凄切……在城市零落的边缘／我们收割仅存的树林／无奈苍鹰随老屋炊烟／黯然离去／儿时矫健的理想／蛋糕般坍塌／酸涩的浪花不时拍打湖岸／像饥渴的马群的嘶鸣"（《危险的平衡木》）。诗歌表现出了与时代氛围非同一般的霎那间的灵感捕捉，以及对特定时空历史生活事件的深刻思虑与深层反省，剑峰希望将现实感悟推向哲学存在的高度，形成对日常生活的过滤与整合。江南美丽风物的隽永记忆替代为内蕴凝重丰厚的文本空间。

4. 剑峰的诗歌有一种挥之不去的孤独味道。我认为这是他长期的工作凝练出来的，独立的判断，自主的意识。拒绝平庸，使这种孤独似雪山苍鹰，傲然尊肃。但这种孤独显然不是忧闷和悲戚，而是一种早已常态化了的静观彻察。这种特立独行的书写行为与参与方式，传达的是一个用灵魂用信念行吟的诗人对精神高地的占领。在诗歌美学意义的自然与纯粹已成美妙记忆和奢念的文学背景下，在虚假的喧嚣和空前的沉寂已成常态运行之际，剑峰却在诗坛不识时务地用自己的独特话语形式给审美取向和文化素质亟待改善的低谷混乱的中国诗坛送去一束理想之火，尽一种能力表达对大众文化潮流侵袭的有力抵抗，表现出一种负责任的知识分子精神，回归本体。这种美学体验鼓励着我们的阅读，并使这种行为变得轻松顺畅。剑峰说："我承认当代诗歌仍在多元发展，而当下诗坛有点像个失眠者，躁动不安，不知所向。由于我们很难或者没有，也许不愿诠释和界定诗歌的价值和标准，于是人们分不清诗歌的真伪和好坏，也分不清普通写作者和诗人，诗歌和诗人的名号满天飞，乱象丛生。于外诗歌和诗人又像平常的异类，人们对其十分淡然和麻木。但我以为真正的诗歌仍会避开时代的规则、喧嚣和功利，经受住时间的沉淀，独立地客观存在，即使它可能被一个时代湮没难以留传……我无意诠释和界定诗歌的价值和标准，而我们有幸生活在这个开放多元的时代，诗人应该写出好诗，人民热爱诗歌，诗歌正在悄然引导文化前行，诗歌是通灵的圣物，诗人需要冷静，更应该对诗歌心存敬畏"。正是这样的时代敬畏，使剑峰成为一个醉心于文化精神的思索性诗人，在创作中对某种经典文化考察达到的深度和那种自觉的态度，很多人赶不上。他的诗歌始终没有离开现实社会这个依托，从来没有脱离过程化的作为经验事实的真实的社会图景，可以说，他的诗歌是以生活实感与文化品格和精神秉性互相融合而引起阅读注意的。

"很多年／一个遥远的记忆／飘落在风中／在杨花初谢的季节／我们重新将它拾起／很多次／是神的造访／牵引断线的风筝／生命的意志／静静地被爱的烈焰灼伤……眼前无数条沟壑纵横／被深冬的霜风冻结／我们如履薄冰／相聚和别离／如同大海上那盏／忽明忽暗的航灯／生活沉重而光明的目标／牵引我们的脚步／错过一次机会／也就错过很多年／我们重新拾起的／是梦的碎片／和思念的羽毛"（《拾起的记忆》）。剑峰用精美的童话对抗混乱不堪的精神世界，"爱"、"霜风"、"思念"、"相聚"、"别离"等语词，表达着作品语言与现实的博弈，结果不在胜负，诗人关注的是诡谲的人生是如何被时光解除武装而丢盔卸甲，诗人没有出示一种主张，不阻拒也不抒情，只表达一种擦肩而过的深刻意味。这种回望不是来自俗世的恍叹，不仅让作品增添几分亲切，更透露了一种反观超然的眼光和能力。这也从另一层面勾勒了生命的不易。这种点化表明了诗人某种刻骨的难忘经验仍在起作用。诗人的思想是飘逸潇洒的，它时时拷问着阅读，使我们看到的是历时与共时的巨大反差和隐含的莫大讽刺，一种高洁的精神从俗世的躯壳穿过，平和而宁静。

5. 剑峰是一个能够真正感悟生命意义的人。这使他的诗歌写作背景宏阔，情绪纯真而自由。获得诗意的栖息是人们的美好愿望，按照海德格尔的观点，诗是真正可以让人栖居的东西，只有出自生命本原的自由迸发方可抵达这种梦想的境地。评论家张学昕说："诗歌的抒情和言志，相对于我们表现的具体生活或精神存在而言，是可以用两个词来描述的，这就是风花雪月和生死歌哭。"虽然两者都会成为诗歌写作的重要话语标识，但剑峰二十多年的写作似乎在告诉人们，他更倾心的还是那些对时代、现实、生存、社会、人性、责任、担当等关键词的思考，表达对灵魂的留守，剑峰珍视自己作为诗人的灵魂尊严和人格价值，他用文学的努力冒着风险给狂躁的世间唱着安魂曲。对于生活中难得的人事景物，他总是倾注情感。尘世喧嚣，入定极难。面对灰不溜丢的物质世界，他保持了一种平色质朴的眼光，超越了现实语境之下的艰难与沉重、留恋与艳羡。"他们直接以诗歌和生命体验对话，有痛感，真实、具体，是真正意义上的'命运之诗'。与'草根诗人'现象相应，诗歌写作的题材化、伦理化和道德感也被不断强化，底层、草根等社会身份和阶层属性得到空前倚重"。剑峰在温暖无边的人文情怀中找到自己辽阔的诗歌精神背景，他友好提示人们应该保有一种基本的生活警觉："历史已远，其间的是是非非，似乎与今人的生活没有多少关联，没有必要在这上面较真。持这种态度的既包括普通百姓，也包括那些知识持有者。然而我想，这种集体'不当真'中潜藏着无尽的危机。""风起了／雨的迷局／漫延大地／此刻／身体走失／在酒醒之前／城市／仍泥泞／语言的规则／如脚踝／难以自拔／血液试图／挣脱皮肤……玫瑰／被滥用／郁金香的／律动／暗示／这座城池／垂死的美／这是／一种界线／从雪地遗忘／一盏盏孔明灯／麻醉生者／越过炊烟／升起／罪恶……她（他）们／歌舞升平／是／击碎偶像的／利器……劳动漫无目标／只剩下这／空心欲火／时间／悬而未决……我们迷失在／通向彼此的河流／时间／悬而未决……让我们／无地自容／时间／悬而未决……让我们／痛失伊甸园／时间／悬而未决……在城市／夸张的面孔下／为什么／不是／枫树和柠檬／照亮／时间／悬而未决……"（《时间悬而未决》）。这首三百余行的长诗在现实杂乱无序的精神世界中找到了一种非常动人的东西。尽管，面对当下的现实语境，诗人的诘问显然是沉重而困难的，但温和的诗人却以苍凉的韵味抒写着现代社会的人生形态和精神面貌。十一个"时间悬而未决"回答着诗人的精神忧虑，赋予了辽阔的写作背景以沉重庄严与肃穆的精神品质，既有礼赞也有审视和警醒，保持了与对象的理想距离。我甚至认为，这首长诗可以看成是有关世纪之交中国社会人文变化的日记。它刻录着一段二十来年的个人纪录，这也是诗人的文化背景和精神背景。剑峰用独特的话语方式言说精神生存的尊严和神圣，肉体与感觉、感情与理性的分裂与悲慨、堕落与挣扎，深情地展示了温婉深层的生存关怀。诗歌强化了诗人的精神训练，让他保持敏感，不被固化；同样是诗让他更具爱心和诚心，使他成为一个丰富而有趣的人，性情而多思，在时代木马上寻找到自己喜爱的辽阔精神依托，在热闹和沉寂中毅然表达着对精神世界的坚守，用思想和激情康复诗歌现实哲学意义的血脉和传承。

6. 读剑峰的诗，我们能真切感受到他判断事物的朴素标准。"而朴素，其实是一种丧失得越来越厉害的东西，说不定这种东西终将失传。在这眼花缭乱的世界，朴素也许只能被用来怀念，而不敢奢望它改变现实，变成现实"。剑峰的朴素充分地体现在他那种孤独倔强的写作态度和信徒身份的诗人灵魂。他像一位"苦吟诗人"，二十多年来凭宗教般意志实现自己对精神世界的竭力描述。当众多诗人以排斥功利的方式极近功利让诗沦为轻浮品格的玩偶时，剑峰却在尽力挽救诗歌原有的雄浑而宏大的社会文化和情感背景，坚持诗歌操守和人格力量，驻足对生命对生活对现实对人类最起码的真实和诚恳。这或许正是我更加珍视这位身处热闹之外以宏大而感人的沉默对生命对世界给予正直而温情关注的诗人的原因。在狼烟四起的诗坛，这种真诚的行为本身就值得敬重。"你身体的模具／携来别人的身体／你总是说她的血／里有你的一半，你喂养她／打扮她，去菜市场为她买菜／把她送到工厂的流水线／去装配打磨，你完美地／呈现你创造和培养的艰辛／为的是你的权威和拥有她的未来／其实在这个模子里／一张无形的网中／她与生俱来就知道一切／她是胚胎时就能听到／你说的话和看到你们的秘密／她没有诞生前就会做梦／大大超越了你的禁忌和想象／正如你儿童时期的恶作剧／和各种冒险的事"（《分裂的孩子》）。剑峰展示了一种触目惊心的真实存在，其中的痛楚、烦闷、荒诞、欺骗、惆怅、疯狂与诗人的自洁发生着尖锐的对峙，审美经验的断裂使情感落差显得十分强烈。诗人感悟的生活实况与内心情怀相互纠结，成为一种招魂式的精神探访。在《秋雨》《意外之景》《在路上》《影子》《城市深处》《彼岸》《你和我》《盛年》《旅行》《城市病毒》等诗作中，都有类似的美学表达。这种慈祥的日常性书写，没有功利的焦虑和掣肘，真相的意义更加实在具体。这些作品绝无投机取巧的圆滑，体现的是见血见肉的真诚。

7."诗人们和全社会一道正在品尝失去理性的苦果，他们心中只有理想的残片。这些残片只够他们在静夜更深时感受到痛苦并能舔舐自己的伤口。而优秀的诗人们所能做到的只是保存着自己不在喧嚣而过的尘土中丢失。"精神的残缺和心灵的疲惫使诗歌远离深邃和悠远，人们从海量的写作中看到更多的是拖沓、乏味、失意和情感的失控。商业社会对诗歌的破坏行为远未停止，诗何以堪！二十多年来，剑峰靠着诗意和虔诚保持与现实敏感的状态，这是一种最纯粹最新鲜的状态，这使他随时对生活对时代持有崇敬之意和尊严信仰。他没有将诗歌视为一种职业但当作了一项事业，他在温暖读者的心灵空间和拓展自己的精神向度时，竭力展现这个世界的美好，发出美妙和高尚的声音，这是一个心灵对群体心灵的慰藉。

"暮霭沉沉／老去的雪／指向你的四季／流沙随风起落／命运向西／剔骨刀般严密／走过你的 1938／父亲，我们未曾谋面／我就成为你的必然／那一年，家国飘摇不定／祖父守着他的口粮／越过你的宁静／在没有天空的背景／同一坐标固定我／曲折表达的面具／当生活被渡鸦借用／你距时代渐远／唯有蹒跚的步代／和整天的沉默／打动我"（《给父亲》）。作为一位历练人生的诗人，剑峰拥有许多诗人不具有的刀尖上安眠、重轭下轻松的豁达与宽怀，这使他具备洞悉世事和生命的眼光与能力。在诗人对父亲的诉说中，我们看到了早已陌生的温润的古典情怀，感受到一种久违了的文化意绪。"蹒跚"、"沉默"、"口粮"、"1938"等连接着一段不堪回首的岁月，生活的种种不幸沉浸在对父辈的念想之中，这种记忆寓言掂量着生命存在的时间意义，是历尽艰难后的精神回归与冲淡，集温柔和丰厚、博大与透明于一身。这些"去浪漫化"的艺术结晶，不仅体现了一个诗人的成熟与优秀，更是一种诗人身份的充分表达。它们形成了剑峰的诗学品质，也成就了他的表达技艺。

8. 作为一位优秀诗人，剑峰随时保留对现实与生活的最后一丝信赖。他虔敬于心，与大地对话，始终保持谦逊的姿态和圣徒般的诗人情怀，用悲悯和感恩之心看待世界，敬畏生活，在烟波浩渺的嘈杂生态中胸怀巨大宁静。他目睹众生在焦躁的社会中沉浮，却时刻提醒自己为他们寻找安放灵魂的地方。这种有呼吸有体温，思想睿智的诗歌是离人心最近的书写。

阅读这样的诗歌是幸福的，诗人的存在因而获得意义。

张德明｜文学评论家，西南科技大学教授

参考文献：

①张德明：《重返价值融注与捍卫诗歌尊严》，《星星月刊》2014 年 12 月理论版
②④霍俊明：《二维码时代：诗歌回暖了吗》，《文艺报》2016 年 1 月 15 日第 2 版
③张学昕：《呼唤诗歌的野性》，《当代作家评论》2009 年第 2 期

⑤尤凤伟:《鱼在树上歌唱》,《文艺争鸣》
2007 年第 6 期

⑥张新颖:《"不纯"的诗》,《当代作家评论》
2002 第 2 期

⑦丁宗皓:《理性的坚守者》,《当代作家评论》
1998 年第 2 期

后记：诗歌是通灵的圣物

剑峰

我承认当代诗歌仍在多元发展，而当下诗坛有点像个失眠者，躁动不安，不知所向。由于我们很难或者没有，也许不愿诠释和界定诗歌的普遍价值和标准，于是人们分不清诗歌的真伪和好坏，也分不清普通诗歌写作者和诗人，诗歌和诗人的名号满天飞，乱象丛生。于外人诗歌和诗人又像平常的异类，人们对其比较淡然和麻木。但我以为真正的诗歌仍会避开时代的规则、喧嚣和功利，经受住时间的沉淀，独立地客观存在，即使它可能被一个时代湮没难以流传。

科学证明人类的基因是相同的，之所以人类才只有唯一名称，我相信人类的文化基因一定是相同或相通的，只不过它的外在表现形式，受时间、历史、种族、信仰、语言、地域等因素影响而异彩纷呈罢了。如果用一只望远镜把不同时空的诗歌拉近看，我们会发现每一首好诗相同或类似的价值和标准，还会发现人类文化基因和艺术思维的高度契合点，也会惊叹人类艺术创造力的无限向度。

我绝不认为诗歌高不可攀、高深莫测，但它一定与口水"诗"有区别（我绝无反对好的口语诗之意），它与民谣和一般意义的歌词也有较大差别，无法想象如果诗歌停止思考或者取消修辞，是否还是真正意义上的诗歌。普通诗歌写作者与诗人在艺术天赋和思维向度上一定存在差距。一个优秀诗人在思想感觉、艺术感知以及语言和修辞能力上一定是出类拔萃的，诗歌在相同和不同时空范围可能有不同受众，但我们不能以受众的多少来评判一首诗歌的好坏，因为对诗歌的判断很大程度取决于受众的认知能力。诗歌的艺术价值虽有一定标准，但一首诗可能在不同时代会表现出不同的社会功能，这并非诗歌本身所愿。我们既不能用一个文化虚脱时代的规则来界定诗歌的价值和标准，也不能以一个功利社会非启蒙受众的口味来评判诗歌。

李白的《静夜思》和白居易的《琵琶行》可谓雅俗共赏，并能流传国外，它们对不同受众的艺术感知度和感染力可能差别巨大。我们也看到李商隐、李贺诗歌中已经蕴含的现代诗歌修辞势态。中外诗歌于不同的时空基点上，在人类文化基因的传承关系以及诗歌的普遍价值和标准上具有相同和相通性，因此我们说民族的才是世界的，更可以说人类的才是民族的。

在唐代以后，"五四"新文化运动前，我们中断了诗歌的变革和对诗歌艺术的深化和拓展，这其中原因复杂，而从文化内核和基因的传承，以及诗歌的普遍价值和标准上衡量，现当代中国诗歌虽深受西方现代主义诗歌影响，但它仍是对中国古典诗歌的继承和发扬。

我无意诠释和界定诗歌的价值和标准，而我们有幸生活在这个开放多元的时代，诗人应该写出好诗。人民热爱诗歌，诗歌正在悄然引导文化前行，诗歌是通灵的圣物，诗人需要冷静，更应该对诗歌心存敬畏。

2010.11 初稿
2016.12 修改

无意的时针

危险的平衡木

一片镜湖落于天外
皑皑湍流荡涤
蒙垢之心
——大地铅封
道观迁址
谁蛰伏于夏日高阳
寒蝉凄切

我们与漫漫冬日同行
当渴望四季风景
在比夏季还热的夏季
天空并不宁静
飞机时常失事
湛蓝而和平的大海
也暗藏杀机
我们失去与
亲人身体的对话
唯有熄灭星光，点燃蜡烛
在梦中会见亡灵

在城市零落的边缘
我们收割仅存的树林
无奈苍鹰随老屋炊烟
黯然离去
儿时矫健的理想
蛋糕般坍塌